KB169663

아흔 살 슈퍼우먼을
지키는 중입니다

아흔 살 슈퍼우먼을 지키는 중입니다

윤이재 지음

다다
서재

차례

1928년생 우리 할머니

1928년 겨울, 경기도 안성의 어느 마을에 여자아이가 태어났다. 아이의 부모는 조선 시대 백성으로 태어나, 대한제국을 거쳐 일본 피식민지 시대를 살아갔다. 아이가 태어나기 2년 전에는 3·1운동을 잇는 전국민적 학생운동인 6·10만세운동이, 아이가 걸음마를 시작할 무렵에는 광주학생항일운동이 일어났다.

당시에는 텔레비전도 인터넷도 없었으니 조용한 시골 마을에 살던 아이의 가족들은 아마 이 사실을 뒤늦게야 알았을 것이다. 아이는 자라며 길에서 일본 순사를 보았지만, 무서워서 피해 다닐 뿐이었다.

아이는 학교에 가고 싶었다. 글을 배우고 싶었고 책을 읽고 싶었다. 그러나 아이의 부모는 여자가 무슨 공부를 하냐며 아이를 일찌감치 논밭으로 내보냈다. 아이는 손이 야무져 농사일에 꽤 소질이 있었다.

아이가 열여덟 살이 되던 해에 대한민국은 광복을 했지만 몇 년 뒤 큰 전쟁이 일어났다. 아이는 그 혼란스러운 시절을 지나 가까스로 살아남았다.

전쟁이 끝나고 아이는 얼굴도 잘 모르는 남자와 결혼을 했다. 시부모, 시누이와 함께 살며 몇 년은 딸만 낳는다고 온갖 시집살이를 당하기도 했다.

1960년 여름이 끝나가던 무렵, 아이는 고대하던 아들을 낳았다. 아들은 자랐고, 자식을 낳았고, 그 자식이 또 자랐다.

그러는 동안 아이는 늙어, 다시 작아졌다. 손발이 조그맣게 말라비틀어졌고 등이 굽어 키가 줄었다.

내가 할머니를 다시 만났을 때 할머니는 예전에 내가 알던 할머니가 아니었다.

평생 '맏며느리답다'는 말을 들을 정도로 다부지던 몸은 어느새 뼈만 앙상하게 남았다. 검고 풍성하던 머리카락은 백발이 되어버렸다. 나는 할머니가 늙어가는 시간을 함께하지 못했다. 늘 변함없이 그 자리에 계시던 할머니는, 내가 자란 만큼 갑자기 나이 들어 있었다.

그리고 할머니는 기억을 잃어갔다. 치매였다.

나는 어릴 때부터 할머니의 보살핌을 받고 자랐다. 이번에는 내가 할머니를 보살필 차례였다. 8년 만에 '취준생'이 되어 돌아온 나는 더 이상 혼자 있을 수 없는 할머니와 종일 함께 지내기 시작했다.

2020년을 사는 나와 1928년에 태어난 나의 할머니.

할머니의 기억과 할머니가 살아온 생애는 우리의 역사이며 나의 역사이다. 그 시대를 살아간 여성들의 역사이기도 하다. 그런 소중한 기억이, 역사가 사라지고 있었다. 그렇게 할머니의 기억과 생을 그대로 흘려보내고 싶지 않았다.

그래서 나는 할머니에 대한 글을 쓰기 시작했다.

사라져가는 할머니를 위해 그리고 어쩌면 나를 위해 쓰는 글이다.

이 글은 나의 할머니가 생의 마지막을 보내는 과정에 대한 기록이며, 한 세기를 용감하게 살아낸 한 여자의 이야기이기도 하다.

2017년에서

2018년 사이의 겨울

할머니의 간병인이 되었다

고등학교부터 대학 때까지 다양한 집에서 살았다. 기숙사, 1.5룸의 자취방, 고시텔… 기숙사는 3인실부터 5인실까지 살아봤다. 7년을 그렇게 좁은 공간에서 다른 사람과 복작복작 살았다. 혼자만의 시간과 공간을 갖는 게 어떤 느낌인지 거의 잊어버릴 즈음이 되어서야 학생으로서 모든 퀘스트를 마쳤다. 나는 취업이라는 다음 미션을 앞둔 공식적인 취준생이 되었다.

2017년 12월 12일. 마지막 시험을 마치고 짐을 챙겨 집으로 왔다. 북적대던 기숙사를 떠나 돌아온 집은 조용했다. 8년 만이었다.

부모님과 할머니가 사는 시골집. 집 앞에 보이는 거라곤 논과 밭뿐이다. 사하라 사막을 여행할 때 봤던 별을 제외하면, 살면서 가장 많은 밤하늘의 별을 보았던 곳이기도 하다. 이렇게 말하면 사람들은 낭만적인 시골 생활을 상상하지만 시골이 삶의 공간이 되면 낭만을 즐길 여유 같은 건 없다. 인생의 절반을 버스 안에서 보내야 하기 때문이다.

어떤 학교를 가도 통학은 당연히 힘들었다. 자연스럽게 고등학교 때부터 기숙사에 살게 되었다. 가끔 오는 집은 좋았다. 집에만 오면 자연스레 몸과 마음이 풀어졌다. 조금 웃기지만 '도시에서의 바쁘고 지친 나'를 충분히 쉬게 할 수 있었다. 내가 그토록 오랫동안 다른 사람과 함께 살 수 있었던 것은 무던한 성격 덕분만은 아니었다. 언제든지 돌아가 쉴 수 있는 진짜 내 집이 있었기 때문이었다.

전자레인지에 돌린 즉석밥, 먹어도 먹어도 허기지는 학식, 조미료 맛 가득한 자극적인 반찬에 익숙해져 있다가 집으로 돌아가면 항상 갓 지은 밥과 담백하고도

칼칼한 엄마표 닭볶음탕이 있었다. 밥을 잔뜩 먹고 배를 탕탕 치며 뒹굴뒹굴하곤 했다. 날이 좋으면 창문을 열고 곤충들의 울음소리를 생생한 ASMR로 즐겼다.

집으로 아예 돌아오니 마치 대학 시절에 지금의 시간을 빌려가 썼던 것처럼 한없이 방전되었다. 나는 두 달만 아무것도 하지 않고 쉬겠노라 다짐했다. 취업하면 또 계속 일할 텐데 지금 아니면 언제 쉬어보겠냐는 생각도 있었다.

졸업도 미룬 채 집에서 뒹구는 백수였지만 취업이 어려운 시대에 행여나 자식이 속상할까 부모님은 나에게 별다른 말을 하지 않았다. 단지 딱 하나, 치매에 걸린 할머니를 부탁했을 뿐이다.

"집에 있으니 할머니 밥 챙겨드리고, 좀 봐드려라."

말은 참 쉽고 가벼웠다. 좀 봐드리는 일, 그때는 그 '봐드린다는 것'이 어떤 의미인지 정확히 알지 못했다. 알았다고 해도 달라질 건 없었겠지만.

그렇게 나는 숙식을 제공받고 무급으로 주 5일 근무하는 할머니의 간병인이 되었다.

할머니, 나 누구게?

　사람의 기억은 차곡차곡 쌓인다. 그래서 과거의 일보다 최근에 일어난 일을 더 잘 기억한다. 1년 전에 만났던 사람과 나눈 중요한 대화보다 오늘 아침에 했던 쓸데없는 농담이 더 생생하다. 물론 중요도에 따라 조금씩 다르고, 몇 년이 지나면 또 뒤죽박죽 섞이기도 하지만 일반적으로 최근 일을 더 잘 기억하는 경향이 있다.

　반면 치매라는 병은 최근 기억부터 사라진다. 쉽게 말해 LIFOLast In First Out다. 마지막에 입력된 기억이 먼저 지워진다. 그래서 초기에는 건망증과 헛갈리곤 한다. 잠깐 '깜빡하는' 느낌이기 때문이다. 예컨대 이런 식이다.

- 12시에 식사를 하셨는데, 1시에 또 밥을 차리라고 하신다.
- 어제 씻고, 오늘은 안 씻었는데 자꾸 아까 전에 씻었다고 하신다. (귀찮아서 그러실 수도 있다.)
- 보름 전에 오신 동네 할머니를 두고 어제 왔는데 왜 오늘은 안 오냐고 하신다.
- 텔레비전 보는 걸 힘들어하신다. 몇 분 전에 나왔던 이야기를 잊어버리기 때문이다. 특히 스토리가 이어지는 드라마를 보기 어려워하신다.
- 외출 전 할머니에게 말하고 나갔다 들어오자 "어디 나가니?"라고 물어보신다.
- 예전에 동네 어르신이 돌아가신 이야기를 들을 때마다 깜짝 놀라신다. 매번 같은 반응이다.

그렇다면 할머니는 무엇을 기억하는 걸까?

할머니가 기억하고 있는 것은 크게 세 가지다.

1990년대에 일어난 충격적인 일, 평생 해오신 반복적인 일, 아주 어릴 때 일어났던 일이다.

예를 들면 이런 말을 하신다.

"날이 푹해졌으니, 옥수수랑 파를 밭에 심어야 한다."

"옛날에는 왜 글을 안 가르쳤을까. 그땐 그랬다? 왜 그랬는지 모르겠어."

"내 나이가 몇 살이냐고? 예순 넘었나? 일흔인가? 뭐? 내가 아흔이라고? 무슨 그지 같은 소리를 하고 있어!(분노)"

최근에는 이런 기억조차 점점 흐릿해지고 있다. 일주일 전과 다르고 한 달 전과 또 다르다. 할머니는 이제 기억하는 것 자체를 귀찮아하시는 눈치다. 아무 생각이 안 난다고만 하신다. 과거의 일을 물어보면 힘들어하신다. 그리고 기억하는 것과 기억하는 정도가 매일 다르다.

그래서 나는 '오늘의 할머니 기억력 테스트'를 하기 시작했다.

사실 간단한 테스트다. 테스트는 "할머니, 나 누구게?"로 시작된다. 할머니에게 내가 누구인지, 20년 넘게 봐왔던 손녀를 알아보시는지 여쭤보는 것, 그것뿐이다.

우연히 매일 대답이 달라지는 것을 알게 된 뒤로 이 테스트를 하기 시작했다.

1. 기억력이 최상일 때

🧒 할머니! 나 누구게?

👵 너, 이재 아니여?

이때는 할머니가 나를 알고, 내 이름까지 바로 맞춘다. 그리고 나를 혼낸다. 쓸데없는 걸 묻는다면서.

2. 기억력이 중상일 때

🧒 할머니! 나 누구게?

👵 둘째 손녀딸이지 누구여. 내가 손녀딸도 모를까 봐?

🧒 내 이름이 뭔데?

👵 (5초 정적) 너가 이재… 아니여? 맞지? 이름을

자꾸 안 불러서 잊어버려.

아쉽지만 괜찮다. 이때는 할머니가 굉장히 뿌듯해
하신다.

3. 기억력이 중하일 때

할머니! 나 누구게?

: 둘째 손녀딸 아니여?

내 이름이 뭔데?

: 몰러… 기억이 안 나… 뭐더라?

이재잖아!!

: 맞아! 이재! 기억난다, 이재! 둘째 손녀딸! 첫째
　손녀딸은….

끝내 기억 못 하지만 말하면 아신다. 그리고 우리 삼
남매 이름을 줄줄이 말씀하신다. 꽤 미안해하신다.

4. 기억하지 못하실 때

할머니! 나 누구게?

몰러… 기억이 안 나. 정희여?

이럴 때는 많이 슬프다.

이 테스트의 중요한 점은 대화의 레퍼토리가 이 네 가지밖에 없다는 것이다. 즉 할머니의 기억력 상태에 따라 대답과 반응이 늘 동일하다. 왜 자꾸 이런 걸 묻는지 궁금해하지 않으신다. 할머니는 내가 매일 이런 질문을 한다는 사실 자체도 잊어버리시는 거다.

생전 처음 맛본 마카롱

밸런타인데이에 마카롱을 선물로 받았다. 꽤 유명한 집이었는지, 파티시에의 정성과 노련함이 느껴졌다. 고급스러운 상자에 마카롱과 함께 들어 있는 카드에는 각각의 맛과 그 마카롱에 대한 설명이 빼곡히 적혀 있었다. 평소 마카롱이란 '속은 부드럽지만 겉은 딱딱한' 디저트라고 생각했는데 이건 겉도 부드럽고 말랑했다. 이렇게 부드러운 마카롱이라면 할머니도 드실 수 있을 것 같았다.

할머니에게는 딱 여섯 개의 아랫니만 남아 있다. 모든 저작 활동을 이 여섯 개의 치아로 하신다. 전에는 틀니를 착용했지만 이젠 그마저 관리가 힘들어서 사용하지 않으신다. 남은 이는 어금니가 아니기 때문에 주로 음식을 자를 때 사용한다. 아랫니만 쓰는 데 익숙해져서 대부분의 음식을 잘 드시지만, 역시 딱딱한 음식을 드리는 것은 조금 위험하다.

조그만 마카롱을 다시 4등분해서 할머니에게 드렸다. 할머니는 마카롱을 태어나서 처음 보았다. 마카롱 한 조각을 입에 넣으며 나에게 물었다.

"이게 뭐여?"

"응, 과자야, 프랑스 과자."

할머니를 보면 점점 아이가 되어가고 있다는 생각이 든다. 언젠가부터 감정을 잘 숨기지 못하셨다. 감정이 표정이 되어 얼굴에 나타난다. 마카롱을 드시면서도 그랬다. 마치 어린아이가 호기심 가득한 표정으로 "뭐지?"라는 질문을 하는 것과 같은 표정이었다. 신기하고 흥미로운 표정, 그리고 진심으로 '맛있어하는' 표정이었다.

"프랑스 과자? 그게 뭐여?"

할머니가 하나 더 입에 넣으며 물어보셨다.

"마카롱이라는 거야. 할머니 맛있어?"

"응, 달짝지근하니, 아주 입에서 살살 녹는다! 녹아!"

할머니는 단것을 싫어할 줄 알았는데. 착각이었다. 종종 집으로 빵을 사 올 때도 그랬다. 어른들은 초콜릿이나 크림이 들어간 빵보다는 팥이 들어간 빵을 더 좋아할 것이라 지레 추측하고 늘 그런 '고전적인 빵'만 잔뜩 사곤 했다. 나는 할머니와 20년 가까이 한집에서 살았으면서, 할머니가 어떤 맛의 음식을 좋아하고 싫어하는지도 제대로 몰랐다.

"이거 얼마여?"

할머니는 무언가를 사다 드리면 가격부터 묻는다. 항상 그랬다. 일어나면 밥이 있는지, 쌀이 있는지 물어보시고, 무언가 사다 드리면 얼마인지부터 물어보신다.

넉넉하게 먹을 쌀이 없어 오남매나 되는 자식들에게 보리를 잔뜩 섞은 밥을 지어 먹이고 고구마와 감자로 배를 채우던 그 시절부터 그러셨을 것이다. 그리고 이제

흰쌀밥은 몸에 안 좋다며 건강을 위해 보리를 밥에 섞어 먹고, 감자 고구마가 다이어트 식품이 된 세상인데도 여전히 돈과 밥을 걱정하신다.

"이거? 삼천 원이야."

"뭐? 이 작은 게 삼천 원이나 한다고?"

할머니 반응이 궁금하기도 해서 나는 솔직하게 금액을 이야기했다. 역시나, 예상했던 대로 깜짝 놀라셨다.

"할머니, 이거 선물 받은 거야. 걱정하지 말고 많이 드셔. 맛있지?"

할머니는 다시 마카롱의 달달함에 취하셨다.

"응, 아주 맛있어. 과자가 아주 달다. 입에서 살살 녹는다, 녹아!"

전쟁이 끝나고 몇 년 뒤 아빠는 할머니의 세 번째 아이로 태어났다. 한창 뛰어놀던 어린 시절, 아빠가 배고프다고 보챌 때마다 할아버지는 꼭 마지막 한 숟갈을 남겨 아빠에게 주셨다고 한다. 밥조차 마음껏 먹지 못했던 시절이었다.

할머니는 60년 뒤에 밥 한 공기보다 비싼 프랑스 과자를 마음껏 먹게 될 줄 아셨을까?

"내가 오래 살다 보니 별걸 다 먹어봐. 별걸 다 먹네."

조그만 마카롱 하나를 드시면서도 오래 살아 별걸 다 먹어본다며 신기해하는 할머니. 절대적 빈곤의 시대를 겪었던 할머니에게 마카롱은 어떤 맛이었을까? 그 달콤함의 무게는 어느 정도일까.

할머니의 집

나의 첫 기억은 사계절의 색감이 뚜렷한 시골마을에서 시작된다. 봄은 연두색, 여름엔 쨍한 녹색, 가을엔 황금색, 겨울엔 고동색이었다. 뚜렷한 계절의 색깔만큼 작은 생명들도 존재감을 뽐냈다. 비 오는 여름날에는 창문에 개구리가 붙어 있었고, 가을엔 귀뚜라미가 집 안까지 들어왔다.

마을 한가운데에는 아주 큰 나무가 있었다. 내 기억의 시작부터 존재했던 나무다. 그 나무의 대각선 오른쪽으로 스무 걸음만 걸어가면 우리 집이다. 대문도 없는 마당으로 쭉 들어가면 집이 두 채 있었다. 한 채는 엄마와 아빠, 나와 형제들이 사는 집이고 다른 한 채는 할머니와 할아버지, 삼촌이 사는 집이었다. 원래 내가 살던 집터엔 소를 키우던 외양간이 있었는데, 결혼해 집을 떠났던 아빠가 일가를 이뤄 돌아오자 외양간을 허물고 집을 지었다고 한다.

할머니는 봄부터 가을까지 언제나 마당에 식재료를 널어놓으셨다. 계절에 따라 쌀이 되기도, 고추가 되기도, 콩이 되기도, 나물이 되기도 했다. 갑자기 비가 내리면 할머니는 밭에서 달려와 소리를 지르셨다. 집에 있는 사람은 얼른 나와서 널어놓은 작물들을 간이지붕이 있는 마당 구석으로 옮겨야 했다. 귀찮아하는 손주들의 느린 움직임 때문에 곡식과 나물이 비를 미처 피하지 못해 쫄딱 젖으면 할머니는 속상해하셨다.

마당 한구석엔 온갖 농기구가 쌓여 있었다. 할머니는 그 위에 메주를 걸어놓고 말렸다. 메주가 걸려 있는 날에는 지독한 냄새가 싫어서 그 앞을 빠른 걸음으로 지나갔다. 내 방에 들어오면 창문을 꽁꽁 잠갔다. 메주

29

는 곧 창고 옆 돌계단 위에
가득한 장독 안의 간장, 고추장,
된장이 되었다. 집에서 삼겹살을 구워 먹는
날이면 할머니가 장독에서 고추장을 퍼 오라고 심부름
을 시켰다. 장독 안의 고추장은 위쪽에 있는 것은 물이
너무 많고 묽어서 안쪽 깊이 있는 것을 퍼야 했다. 나는
고추장을 잔뜩 헤집어놓곤 했다.

할머니의 장맛이 점점 변하고, 엄마가 태양초 고추
장을 사다 냉장고에 넣어놓기 시작할 즈음 집은 많이
낡아 있었다. 그리고 또 10년이 지났다. 기억이 희미해져
가는 할머니는 홀로 그 집에 남았다.

얼마 후 우리는 집을 헐고 그 자리에 새집을 짓기로
했다. 동네를 떠날 수는 없었다. 70년을 한곳에서 살아
온 할머니가 다른 동네에 가서 살 수 있을까? 낯선 동
네로 이사 가면, 치매에 걸린 할머니는 집 밖을 나가는
순간 다시 돌아오지 못할 것이다. 적어도 이 동네에는
할머니를 모르는 사람이 없으니 외출한 할머니가 길을

잃어도 걱정이 없었다.

어느 추운 겨울, 우리는 새로 지은 집에 입주했다.

아빠는 새로운 집을 할머니에게 보여드리며 이제 편리한 공간에서 편히 지내시라고 했다. 할머니는 더 이상 고추를 말릴 일도, 메주를 쑬 일도, 장을 담글 일도 없을 것이다. 우린 할머니가 새집에서 편하게 쉬다가 여생을 마무리하길 바랐다.

할머니는 집을 이리저리 둘러보았지만 생경한 공간이 익숙하지 않은지 자꾸 왜 여기로 온 거냐고 물었다. 할머니와 우리 가족이 함께 살 집이라고, 새로 지은 집이라고 한참을 설명한 후에야 겨우 이해하신 것 같았다. 할머니는 조금 앉아 있다가 곧 일어나셨다.

"저녁 준비하게 집에 가자."

할머니는 저녁 시간이 되면 자꾸 집에 갈 채비를 했다. 새로 지은 집이 마을회관이라고 생각하셨다. 그때마다 여기가 할머니 집이라고 다시 설명했다.

"할머니, 여기가 우리 집이야. 이거 할머니 집이야!"

"뭐? 말 같지도 않은 소리 하지 말어."

할머니가 집이 바뀐 현실을 받아들이는 날도 있었지만 그러지 못하는 날이 더 많았다.

한파주의보로 핸드폰 경고 메시지가 시끄럽게 울리던 어느 날, 드디어 일이 터졌다.

내가 잠시 다른 일을 하는 사이에 할머니가 얇은 옷만 걸치고 집을 나간 것이다. 나는 두꺼운 외투를 들고 바로 뛰쳐나갔다.

다행히 할머니는 아직 집 근처에 계셨다. 흥분한 표정이었다. 할머니는 얼른 집에 가야 한다고 거듭 말했다. 칼바람에 할머니의 코끝과 양 볼이 터질듯이 빨갰다. 나는 무슨 일이라도 생길까 너무 무서웠다. 할머니를 억지로 집에 끌고 가려고 했지만 할머니는 소리를 지르며 지팡이로 날 때렸다. 아무리 이제 그 옛날 집은 없다고 설명해도 집이 왜 없냐고 소리 지르며 옛날 집으로 들어가는 마당 입구로 걸어가셨다.

차라리 없다는 걸 얼른 보여드려야겠다는 생각이 들어 할머니를 부축했다. 할머니는 옛날 집 입구에서 멈

쳐 섰다. 옛날 집 입구는 새로운 집의 담장이 되어 있었다. 그제야 나는 그 사라진 입구를 지나 할머니와 '새로운 집'으로 돌아갈 수 있었다.

그 뒤로도 몇 번이나 할머니는 옛날 집으로 돌아가기 위해 집을 나섰지만 번번이 실패했다. 몇 번을 설명해도 마찬가지였다. 더 이상 혼자서는 움직이지 못할 때까지 할머니는 집을 찾아 밖으로 나갔다.

할머니를 위해 집을 지었지만 할머니는 아마 이 집을 끝까지 받아들이지 못할 것 같다. 할머니의 집은 결국 사라졌다.

새로 지은 집은 나에게 예전 집과 같은 곳이다. 집이 있는 위치도 살고 있는 사람도 같고 집 자체도 예전과 비슷한 느낌이다. 그러나 할머니에겐 전혀 다른 장소였나 보다. 할머니의 추억으로 촘촘히 쌓아올린 옛집은 이제 존재하지 않는다. 지금 할머니에게는 새로운 집에 새로운 기억을 남길 수 있는 여유도 없다. 그래서 할머니는 늘 어색하고 매번 낯선 공간에서 하루하루를 보내고 있다.

　내가 할 수 있는 건 할머니와 함께 지내며 그 낯선 공간에 예전과 같은 할머니의 일상을 조금씩 심어드리는 것뿐이다. 특별한 건 없다. 그저 할머니와 같이 밥을 먹고 텔레비전을 보고 콩을 고르고 마늘을 깐다. 할머니와 함께하는 일상을 이어간다. 기억이 사라져가는 할머니가 이 집을 잠시라도 익숙하게 느낄 수 있도록.

고모의 속사정

새집을 짓는 동안 우리 가족은 뿔뿔이 흩어졌다. 언니와 나, 동생은 마침 기숙사에 살거나 자취를 하고 있었다. 부모님은 동네 근처에 원룸을 얻었다. 그리고 할머니는 둘째 딸인 고모의 집에서 지내셨다.

평생을 마당이 있는 집에서 살아온 할머니는 아파트에 사는 게 처음이었다. 할머니는 치매 진단을 받았지만, 그때까지만 해도 밥 먹은 것을 잊어버린다거나 냉장고에 넣은 걸 깜박한다거나 하는 일상적인 건망증 같은 증상만 있었다. 가족을 알아보지 못하거나 이상한 행동을 하진 않으셨다. 심지어 그해에는 밭에 고구마까지 심어놓으셨다. 나는 가끔 집에 올 때 할머니를 뵈어도 이상하다고 느끼지 못했다. 치매 진단을 받았다는 사실이 믿기지 않을 정도였다. 하지만 생활공간이 바뀌고, 하던 일을 하지 못하게 되어서였을까? 고모의 집에서 지낸 4개월 동안, 할머니는 급격하게 안 좋아지셨다.

낯선 동네라 할머니는 혼자 바깥에 나가지 못했다. 원래 살던 집이야 시골의 항상 아는 길에 아는 사람들만 지나 다녀서 걱정이 덜했지만 도심 속 아파트 단지는 치매 걸린 노인이 길을 잃어버리기 딱 좋았다. 할머니는 집 안에만 있어야 했고, 점점 쇠약해지셨다.

혼자 화장실을 가지 못하게 되었다. 기저귀를 차기 시작했다. 밤낮을 가리지 않고 베란다를 보며 소리를 지르기도 했고, 갑자기 분을 이기지 못해 바닥과 벽을 쿵쿵 치기도 했다. 장성한 자녀와 있는 듯 없는 듯 조용하게 살던 고모는 처음으로 아래층과 옆집의 항의를 받게 되었다.

할머니는 딸인 고모가 편했고, 고모도 할머니가 편

했다. 편한 두 사람은 서로가 서로에게 막말을 하며 싸우는 날이 잦았다. 할머니가 고모를 마구 때린 적도 있다고 한다. 고모의 팔에 할머니의 손톱자국과 멍이 있었다. 그러나 할머니는 아무것도 기억하지 못했다.

고모는 시간이 지날수록 언제 집을 다 지어서 할머니를 데려갈 수 있는지 점점 자주 물었다. 그리고 볼 때마다 할머니를 돌보는 게 얼마나 힘든지 하소연했다. 빨리 할머니 좀 데려가라고 사정했다. 집의 완공이 예정보다 늦어지자 고모는 불편한 기색을 숨기지 않았다. 부모님이 임시로 살고 있는 원룸에라도 데려갔으면 하는 눈치였다.

난 그런 고모의 태도가 서운했다. 힘든 건 충분히 이해하지만, 고모 또한 할머니의 자식이다. 아빠와 엄마는 30년 가까이 할머니를 모시며 살았다. 그렇게 서두르지 않아도 고모가 하던 일은 어차피 엄마에게 넘어올 것이다. 엄마는 며느리이고 고모는 할머니의 자식인데. 평생 같이 살라는 것도 아니고 집을 짓는 동안 몇 개월만 살면 다시는 함께 사는 일이 없을 텐데. 고모가 아픈 할머니와 함께 있기 싫어하는 모습이, 며느리와 돌봄노동을 나누지 않으려는 모습이 불편했다. 그러나 한 사람으로서, 여성으로서 나는 고모를 이해하기도 했다.

할머니와 할아버지는 고모들을 사랑했으면서도 아들인 내 아빠와 참 지독하게 차별했다. 모든 전후 사정을 알지 못하는 내가 봐도 그랬다.

"니네 할머니 할아버지는 아들만 엄청 좋아하잖아."

"니 아빠 이름은 진범인데 내 이름은 순례다? 나는 평생을 이름 때문에 놀림받고 마음에 한이 맺혔는데… 왜 그렇게 대충 지어줬는지 모르겠어. 참, 우리 엄마도 아들만 엄청 좋아했어."

드라마 「응답하라 1988」에서 주인공 덕선이가 울면서 "왜 언니는 보라고 동생은 노을인데 나는 덕선이야!" 하는 걸 듣는데 기시감이 들었다.

고모들은 종종 어린 시절 당한 차별을 이야기했다. 막내 고모는 차별 때문에 가고 싶은 대학도 못 갔다.

공부에 흥미가 없었고 잘하지도 못했던 아빠는 고등학교만 졸업했지만 할아버지는 아빠가 꼭 대학을 갔으면 하셨다. 그래서 기부입학을 해서라도 동네에 있는 대학에 보내려 했다고 한다. 지금은 상상도 하기 어렵고 당시에도 부끄러운 일이었겠지만 그만큼 할아버지는 아들의 교육에 욕심을 부리셨다. 할아버지가 많이 배우지 못했던 한을 풀고자 하셨다. 아빠는 할아버지의 욕심에 따라주지 않았다.

2년 뒤 막내 고모가 대학에 합격했지만, "아들도 가지 않은 대학을 왜 여자가 가냐"며 등록금을 내주지 않았다고 한다. 며칠 밤낮을 울기만 하던 고모는 결국 공장에 취업했다.

만약 지금 내 부모가 여성이라는 이유로 공부를 하지 못하게 막는다면 나는 연을 끊을 각오를 해서라도 싸울 것이다. 그러나 내가 더 나은 교육을 받고 변화한 세상에서 자랐기에 할 수 있는 생각이다. 만약 아주 어릴 때부터 숨 쉬듯 욕망을 꺾였다면 나도 고모처럼 쉽게 포기했을지도 모른다.

고모들은 여자라는 이유로 많은 걸 체념했지만 그 한마저 사라진 것은 아니었다. 예순이 넘은 지금까지도 말이다.

드디어 새집이 완공되고 입주 당일이 되었다. 하루 종일 짐 정리를 했는데도 끝이 보이지 않았다. 입주청소만 맡기고 이삿짐은 직접 옮기기로 결정한 것이 화근이었다. 밤이 되었는데도 왜 이렇게 정리가 안 끝나는지, 모두 지쳐버렸다.

"할머니 모시고 오자."

대강 정리를 하고 이제 겨우 쉬려고 하는데 아빠가 일어섰다. 할머니를 부축해야 하는 상황일 수 있으니 동생과 나를 데려가려 했다. 피곤했다. 집은 할머니가 와도 간신히 누울 자리만 있는 상태였다. 다음 날 모셔 오자고 했지만 아빠는 서둘렀다. 특별한 말은 안 했지만 이유를 알 것 같았다. 밤 9시가 다 되어 우리는 고모 집으로 향했다.

전날 밤새 주무시지도 않고 베란다에서 소리를 질렀다는 할머니는 낮에 수면제를 먹고 겨우 잠든 상태였다. 아무리 깨워도 일어나지 못하는 할머니를 동생이 둘러업고 집으로 왔다.

할머니는 다시 집으로 돌아왔다. 창밖으로 익숙한 풍경이 보이지만 안은 온통 낯선 새집에서 눈을 뜬 할머니는 오랫동안 집을 집이 아닌 마을회관이라고 믿으셨다.

2018년

봄과 여름

할머니는 슈퍼우먼

할머니의 직업은 농부였다. 그러나 그 누구도 평생 농사를 지어온 할머니에게 직함을 붙여주지 않았다. 그냥 '시골에서 농사짓는'이라는 수식을 할 뿐, 전문성을 인정하지 않았다. 자식들조차 내 어머니는 못 배운 사람이고 농사만 지을 줄 안다며 괄시했다. 그러나 내가 볼 때 평생 농사를 짓고, 경작 영역을 확장해가며 수익을 만들어낸 할머니는 꽤 능력 있는 농부였다.

할머니는 평생 미친 듯이 일만 했기에 전문가가 되었다. 시기에 따라 씨를 뿌리고 밭을 갈고 경험으로 터득한 지혜를 발휘하며 매년 곡식과 채소를 거두었다.

할머니는 풀꽃 전문가이기도 하다. 길에 있는 모든 풀과 꽃의 이름을 아신다. 그래서 할머니와 산책하다 보면 놀랄 때가 많다.

할머니는 종종 밭과 마당의 잡초를 뽑으러 지팡이를 짚고 나가셨다. 굽은 몸을 간신히 이끌고 다니며 예사롭지 않은 손놀림으로 풀을 뽑아냈다. 툭 치면 쓰러질 것 같은 노인의 손아귀 힘은 어쩌나 센지, 단단히 뿌리 내린 잡초들이 할머니의 손에 이리저리 뽑혀나갔다. 할머니 성격상 풀을 전부 뽑지 않으면 집으로 들어가지 않으실 것을 알기에 나도 곁에 쪼그리고 앉는다. 그리고 할머니의 손놀림을 따라 풀을 뽑았다.
풀을 뽑다 보면 늘 할머니에게 혼이 났다.

"바랭이를 뽑아야지 멀쩡한 풀을 뽑으면 어째!!"

대체 바랭이는 뭐고, 멀쩡한 풀은 뭐지? 그때 잡초에도 이름이 있고 종류가 다르다는 것을 처음 알았다. 잡초가 아니라면 도대체 이 초록색 풀들은 다 뭐지? 나는 시골에서 자랐지만 잡초와 잡초가 아닌 것을 잘 구분하지 못했다. 멀쩡한 잔디나 파를 뽑아대는 통에 할머니의 호통을 듣기도 했다.

할머니는 바깥일에 최선을 다했지만 집안일 또한 소홀히 하지 않은, 흔히 말하는 '슈퍼우먼'이기도 했다.

"근데 할머니는 밭일하고 집안일도 했어?"

"그럼, 바빴어. 집에서 일하고, 밭매고 만날 할 거 하느냐고. 여자가 많이 해야 됐어. 나는 많이 했어. 내 또래는, 밭일도 하고 집안일도 하고, 줏어 캐먹으며 댕겼다. 아들들, 남자들이 밥이나 쉽게 하긴 해? 그래서 밥 안 해놓고 댕기고 그러지 못했다. 꼭 했어! 때 안 거르게 했다. 식구들 밥 없어서 못 먹진 않았다. 반찬은 시원찮아도 밥은 있었다. 김치 없으면 고추장 한 가지라도 여름엔 먹고 그랬어."

"할머니 힘들었겠다."

"다 그렇지 뭐. 그래도 품팔이해서 용돈 쓰고. 우리

딸들도 다 핵교는 가르쳤으니까. 국민핵교래도. 차비는 꼭 줬지. 차비는 줘야 핵교 가잖아."

평생 할머니가 해온 노동의 양이 가늠되지 않았다. 할머니는 먹고살기 어렵던 시절에 여성으로 태어나 슈퍼우먼이 될 수밖에 없었을 것이다. 살아남기 위해 프로 농사꾼이 되었고, 가족들을 위해 살림꾼이 되었다.

직장인들은 어느 시기가 되면 은퇴를 하고 여생을 보낸다. 세상은 정년이 60세니 65세니 시끄럽게 논의 중이다. 그러나 정년도 훌쩍 지난 할머니는 은퇴할 생각이 없으셨다. 오히려 마음의 은퇴보다 몸의 은퇴가 먼저 찾아왔다.

"할머니, 이제 그만하고 쉬어."

"나물 뜯고 싶은데 돌아다닐 수가 없어."

"할머니 일 말고 하고 싶은 거 없어?"

"일 말고 뭘 혀. 하고 싶은 것도 없어. 글도 몰르는데 뭘 혀."

여성이 직장 일과 집안일을 모두 잘해내려고 애쓰며

느끼는 스트레스를 슈퍼우먼 신드롬, 혹은 슈퍼우먼 콤플렉스라고 부른다고 한다. 집안일도 밭일도 당연하게 해내야 했던 그 시절, 여성들은 되고 싶지 않아도 어쩔 수 없이 슈퍼우먼이 되어야 했을 것이다.

한때 슈퍼우먼이었던 나의 할머니는 이젠 힘이 없어 더 이상 농사일도 집안일도 하지 못한다. 할머니는 야속한 몸의 변화를 받아들이며 매일 무기력하게 창밖만 바라보신다. 평생 일하는 방법은 배웠지만 쉬는 방법은 배우지 못하신 것이다.

나는 할머니가 평생을 바쳐 해온 희생을 바탕으로 지금의 편안한 생활을 얻은 셈이다. 내가 할머니에게 해드릴 수 있는 거라곤 말동무가 되어드리고 이렇게 할머니의 이야기를 남기는 것뿐이다. 이 세상의 모든 잊힌 슈퍼우먼들을 잊지 않기 위해서 말이다.

마실꾼 안 오니?

"오늘은 왜 마실꾼이 안 오니?"

할머니는 나에게 매일 마실꾼이 안 오냐고 물어보신다. 가끔 동네 할머니들이 놀러 오시는데 그분들을 마실꾼이라고 부르신다. '마실꾼'은 요새 잘 사용하지 않는 말이다. 검색을 해보니 이렇게 나왔다.

[명사] 이웃에 놀러 다니는 사람.

할머니는 가끔 집 앞 산책을 하러 나갈 때 "마실 나간다."라는 표현을 쓰시니, 마실꾼은 마실 나가는 사람이라는 뜻 정도 되는 것 같다.

할머니는 매일 마실꾼을 기다렸다. 올해 아흔한 살인 할머니의 친구분들은 거의 돌아가셨다. 놀러 오시는 마실꾼들은 할머니보다 훨씬 젊은 분들이다.

요새 자주 놀러 오시는 할머니는 나도 어릴 적부터 잘 아는 분이다. 그분에게는 내 또래의 손녀가 넷이나 있는데, 막내까지 딸이어서 가족들이 실망했던 일은 온 동네 사람이 다 아는 사실이다. 그 막내 손녀딸은 내가 어릴 때 업어주고 놀아주기도 했는데, 요즘은 교복 입고 돌아다니는 모습을 종종 본다. (물론 서로 아는 척은 하지 않는다.)

할머니의 친구분은 동네 한 바퀴 산책을 하시다가 종종 우리 집에 할머니를 보러 오셨다. 그분과 우리 할머니는 최소 열 살은 나이 차이가 난다. 물론 나에게는 모두 같은 '할머니'다. 우리 할머니보단 젊지만 어쩌 되었던 아줌마보단 할머니 호칭이 더 어울리는 연배다. 재미있게도 할머니에게는 그분이 퍽 어려 보이는 모양이다. 그래서인지 할머니는 나에게 그분을 지칭할 때 '아줌마'라고 하신다.

"이재야, 아줌마 마실 것 좀 갖다 드려라."

그분의 첫째 손녀가 나와 겨우 한 살 차이 나는 것을 생각해보면 낯선 호칭이긴 하다.

그분은 우리 할머니를 놀랍게도 '엄마'라고 부른다. 생각보다 친근한 호칭에 처음에는 조금 당황했다.

할머니는 할머니 손님, 마실꾼들이 놀러 오면 굉장히 기뻐하신다. 하루 종일 집에만 갇혀 있으니 심심하고 지루한데 마실꾼이 오면 너무 좋다고 하셨다. 손님이 오면 할머니는 놀라고 기쁜 마음을 감추지 않으며 현관까지 기어가신다. 그러고는 손을 붙잡고 애틋하게 말씀하신다.

"여긴 어떻게 또 왔어. 너무 고마워…."

그리고 자리에 앉아 이런저런 이야기를 나누셨다. 우리 집까지 오신 친구분도 힘드셨는지, 같이 누워서 도란도란 이야기를 나누실 때도 있다. 그렇게 대화를 하다가 마실꾼 할머니가 가실 때는 할머니가 문 앞까지 배웅하신다. 늘 친구분의 손에는 집에 있던 귤이나 과자를 한 움큼 쥐여 보내셨다.

"와줘서 너무 고마워! 또 와아!"

마실꾼이 떠나면 할머니는 다시 창가로 가 멀어지는 친구분의 뒷모습을 하염없이 바라본다.

이렇게나 좋아하시니 나도 동네 할머니들이 종종 놀러 오시는 게 반가웠다. 그런데 사실 반전이 있다. 할머니들끼리는 대화가 잘되지 않았다.

"아까 저 언덕 너머 재철이네까지 슬슬 갔다 온 거야. 갔더니 글쎄 고구마를 주더라고."

"웬 고구마여. 오늘이 장날인가? 오늘이 5일인가?"

"고구마 엄마 주려고 갖고 왔어. 이거 먹어봐."

"자네 요새도 고구마 캐다가 갖다 팔고 그러나 보지? 에구, 자네가 그래도 꽤 펄펄혀. 난 근력이 다 빠져서 더 이상 움직이질 못해. 움직이고 싶어도 움직일 수가 없어. 답답해죽겠어 정말."

할머니는 귀가 잘 들리지 않는다. 그래서 말하는 사람이 정확한 발음으로 아주 또박또박 말해야 한다. 하지만 마실꾼 '아줌마'도 여든이 넘은 할머니라 크게 말할 에너지가 없다. 그래서 가만히 대화를 듣고 있으면서로 동문서답하는 경우가 많다. 보통 각자 하고 싶은 이야기를 하신다.

"곧장 집까지 가려면 너무 힘들어서 엄마네 들렀어. 바로 우리 집까지 가면 좀 힘들다니까. 지팡이 짚고 다녀도 쉽지 않아. 그래서 엄마네 왔어."

힘드신지 벌러덩 누워버리는 마실꾼 할머니. 할머니는 못 알아들은 눈치였지만 자연스럽게 대화를 이어가신다.

"자네도 나도 옛날 같지 않다니까. 근력이 다 빠졌어. 힘이 없어. 옛날에는 나도 일 참 잘했다. 지금 같지 않았어. 자네 집 너머 언덕 있는 데까지 걸어 다녔잖아. 맨날 걸어 다녔어."

신기하게도 이렇게 대화가 된다. 알고 대화를 하시는 건지는 나도 모르겠다. 대화의 결론은 항상 늙어감에 대한 아쉬움과 한탄이었다. 그래도 마실꾼이 오면 할머니의 지루한 일상에 활력이 생긴다. 그래서인지 할머니는 자주 마실꾼을 찾으셨다.

2018년 봄과 여름

요즘은 마실꾼들이 오는 빈도가 점점 줄어들고 있다. 할머니는 당신께서 잘 움직이지 못하니까 다른 사람을 만나지 못하는 거라 생각하신다. 그래서 죄책감을 느끼신다. 마실꾼들도 할머니처럼 늙고 아파서 움직이지 못하는 거라고 믿기도 한다.

"아휴, 심심해 죽겠다. 내가 근력이 좋을 때 다녀야 하는데, 저짝에 사는 사람은 시방 잘 댕기니? 지금도 마실 댕기고 그래? 왜 우리 집에는 잘 안 오는지 모르겠다. 내가 아무것도 못해서 그러나… 잘 안 오네. 다른 데 어디 누구네 가는지도 모르지. 나는 못 가. 갈 수가 있어? 근력이 있어야 가지. 이렇게 오래 살지 몰랐다? 갈 적에는 쉽게 죽어야 할 텐데 걱정이다. 고생하고 오래 끌까 봐. 애들도 고생이지만 나도 고생이여. 쉽게 죽는 것도 큰 복이다."

때로는 이미 세상을 떠난 분들까지 찾기도 한다. 마실꾼이 되지 못하는 할머니는 다른 사람들이 살아 있다고 믿는다. 그저 왜 그들이 찾아오지 않는 건지 궁금해하고 섭섭해하신다.

난 할머니에게 그분들이 돌아가셨다고 말씀드리지 않는다. 죽고 싶다고 하시며 다른 마실꾼을 그리워하는 할머니에게 친구분들의 죽음을 차마 말할 수가 없다. 그냥 "그 할머니들도 할머니처럼 이제 움직이는 게 힘드신가 봐."라고 위로 아닌 위로를 한다.

더 자주, 더 오래 마실꾼들이 할머니를 찾아오셨으면. 아무 때나 현관문을 열고 들어와 "나 왔어, 형님(엄마)!" 하고 소리 질러주셨으면. 그리고 서로 알아듣지 못할지라도 오랫동안 할머니와 이야기를 나눠주셨으면 좋겠다.

아흔 살의   취미 찾기

내 증조할머니는 동네에서 '호랑이 할머니'라 불렸다고 한다. 할머니는 얼굴도 모르는 남자에게 시집와 시동생들의 속옷까지 방망이로 두들겨 빨면서도 혹독한 시집살이를 당했다. 그 시집살이를 견디며 집에 있느니 차라리 일을 하겠다고 할머니는 아침에 눈을 뜨자마자 밭에 가서 일을 했다. 할머니에게 농사는 자식들과 함께 먹고살기 위한 노동이자 도피처였고 유일한 취미생활이기도 했다.

내 어릴 적 기억 속 할머니는 늘 일만 하셨다. 동이 트기도 전에 일어나 나갈 채비를 하셨다. 나는 밤새 핸드폰 게임을 하다가 할머니가 나가는 소리를 들으면 '아, 이제 잘 때가 되었구나.' 하고 잠들곤 했다. 아마 새벽 5시쯤이었을 것이다.

할머니는 날이 좋은 계절에는 좋은 계절대로, 추운 계절에는 추운 계절대로 항상 일찍 일어나서 뭔가를 하셨다. 한창 바쁠 때는 일찌감치 나갔다 저녁 먹을 때가 되어서야 들어오셨다.

지금 할머니는 아무것도 할 수 없다. 농사는커녕 제대로 움직이지도 듣지도 못한다. 늙고 작은 노인이 되어 텔레비전 속 그림만 멍하니 바라보고 계신다.

근육이 사라지는 것이 눈에 보일 정도로 급격하게 쇠약해진 할머니는 의자에 앉아 멍하니 시간을 보내셨다. 때로는 몸 상태를 잊고 다시 밭으로 향하기도 했다. 장갑을 끼고 호미를 들고 90도로 굽은 허리를 지팡이로 위태롭게 지탱하며 걸어가셨다.

그런 할머니를 보며 자식들은 말한다. 그동안 너무 고생 많으셨으니, 이제 일하지 말고 편히 집에 계시라고. 지나가는 동네 어른들도 한마디씩 거든다. 손주들까지 다 커서 지들 돈 버는데 무엇하러 나가 그렇게 일을 하냐고. 나도 말했다. 할머니, 제발 그냥 이제 집에서 쉬어. 그렇게 일 안 해도 괜찮아.

그러나 곧 깨달았다. 평생 농사가 일이자 취미였던 내 할머니. 밭에서 일하지 않는 게 할머니에게 과연 편안한 휴식일까. 아무것도 하지 말라는 건 우리 자식들이 마음 편하자고 하는 말이었다.

할머니는 그렇게 방치되었다.

"할머니, 하고 싶은 거 없어? 심심하잖아."

나는 할머니를 위해 해드릴 수 있는 게 없었다. 할머니는 하고 싶은 게 없냐는 내 말에 답답한지 화를 내셨다.

"개코같은 소리. 나물 뜯으러 돌아댕길 수도 없고. 일 말고 뭘 해. 하고 싶은 게 뭐가 있어. 글도 모르고."

할머니는 하루 종일 멍하니 창밖의 구름을 보거나 의미 없이 움직이는 텔레비전 속 사람들을 보며 시간을 보냈다. 며칠 할머니를 지켜보다 이대로는 안 되겠다 싶어 할머니의 취미를 찾아드려야겠다 다짐했다.

먼저 노인을 위한 놀거리, 취미활동을 인터넷에서 찾아보았다. 그러나 대부분이 사회복지사들의 자격증 광고나 요양원 광고였고 실제로 할 만한 건 없었다. 보고 활용할 수 있는 거라고는 할머니보다 더 젊고 건강한 어르신들을 대상으로 하는 단체 활동에 대한 내용이었다. 노인을 위한 놀이, 노인에게 적합한 취미가 이렇게나 블루 오션이었구나.

치매 노인을 위한 놀이 도구 등을 찾아보아도 그럴싸한 제품은 역시 나오지 않았다. 블로그 글을 몇 개 더 찾아보니 요양원에서는 그림 공부를 한다고 한다. 다이소에서 색칠공부책과 색연필을 사왔다. 하지만 할머니는 내 생각처럼 잘 하지 않으셨다. 일단 평생 연필을 잡아본 적 없는 할머니는 색연필을 잡고 무언가를 그리는 행위 자체를 굉장히 어색해했다. 그리고 곧 벽과 바닥에 색연필을 마구 칠해 대참사가 일어났다. 엄마는 책과 색연필을 모두 치워버렸다.

스물다섯 살인 나는 이제껏 배운 것보다 앞으로 배

울 것이 더 많다. 스스로도 그 배움의 시간들을 기대한
다. 하지만 사람은 어느 순간 새로움을 거부하기 시작
하는 모양이다.

당연한 일이지만, 치매에 걸리고 글을 읽지 못하는
할머니에게 새로운 취미를 찾아드리기란 불가능했다.

늘 하던 것이어서 익숙하면서도, 혼자서 시간을 보내
기 좋은 것을 찾아야 했다. 이번에는 화투를 꺼냈다.

처음에는 거들떠보지도 않으셨다. 그러나 곧 심심하
셨는지 화투를 가지고 잘 노셨다. 할머니는 가끔 내 이
름은 잊어버려도 화투 패 짝은 기가 막히게 잘 찾았다.
그러나 화투는 두 시간짜리다. 몇 번 돌고 나면 다시
'멍 모드'로 복귀했다.

윷놀이를 드려보기도 했다. 그러나 윷놀이는 젊고
건강하실 때도 좀처럼 하지 않던 놀이라 그런지 단 한
번도 하지 않으셨다. 거부당했다.

그러던 어느 날.

엄마가 콩을 잔뜩 사 왔다. 엄마는 여러 종류의 콩
을 잔뜩 섞어놓고 할머니에게 드렸다.

"왜 콩을 다 섞어놨어? 고를 거야?"

완두콩, 검은콩, 강낭콩이 각자의 색을 확실하게 어필하며 제멋대로 섞여 있었다.

"어머니, 이거 다 골라서 먹을 거야."

엄마는 할머니가 하는 일이 우리에게 꼭 필요하다고 상기시켜드렸다. 그러자 할머니는 꽤 신나게 콩을 고르기 시작했다. 한 번 시작하면 두세 시간 동안 집중해서 콩만 골랐다. 너무 열심히 하셔서 그만하시라고 말리기도 했다. 소소하고 익숙하지만 확실한 일거리이자 취미였다. 할머니에게 딱 맞는 일이었다.

나는 노인이 되었을 때 무엇을 할 수 있을까? 방금 전에 배운 것도 잊어버리고, 새로운 것을 받아들이기도 힘든 나이가 되었을 때 나에게 남은 시간을 과연 어떻게 보낼까?

어쩌면 현재의 내가 보내는 시간이 미래의 내 취미를 결정짓지 않을까. 지금 나에게는 익숙하고 별로 쓸모없어 보이는 소소한 습관과 취미가 먼 훗날 노인이 된 나를 살아가게 할지도 모른다.

할머니가 콩을 다 골라놓으면 나는 몇 시간 뒤에 종류별로 나뉜 콩을 원래대로 섞어버렸다. 그러고는 뒤섞인 콩을 할머니께 다시 드렸다. 그럼 할머니는 꼭 콩을 처음 보는 양 "웬 콩이야?" 하시고는 다시 콩을 고르기 시작했다.

할머니가 사라졌다

봄에서 여름으로 넘어가던 어느 날이었다. 그날도 집에는 할머니와 나뿐이었다. 할머니 점심을 차려드리고 설거지를 마친 뒤 침대에 누웠다. 핸드폰을 보다가 나도 모르게 잠이 들었나 보다.

갑자기 눈이 떠졌다. 분위기가 뭔가 싸늘했다. 너무 조용했다. 할머니는 혼자 있을 때도 누가 옆에 있을 때도 의미 없는 소리를 계속해서 내곤 했다. 그런데 방문 너머에서는 어떤 기척도 느껴지지 않았다.

벌떡 일어나서 거실로 나갔다. 할머니가 가지고 놀던 화투 패만 널브러져 있을 뿐 할머니는 보이지 않았다.

방에도 화장실에도 없었다. 거실로 다시 나오니 그제야 현관 중문이 활짝 열려 있는 게 보였다. 할머니가 도대체 어디 가신 거지? 종종 치매 노인들이 밖에 나가 집을 못 찾아온다는 이야기를 들은 적 있다. 현관문에 이중결쇠를 할지 말지 의견이 오갔을 때도 할머니가 나갔다가 문을 못 열 수도 있다는 아빠의 말에 결국 설치하지 않았다.

할머니를 이리저리 찾아다니다 가만 생각해보니 짐작 가는 곳이 있었다. 집 앞의 밭이다.

아흔한 살의 할머니는 무려 작년까지도 그 밭에 고구마와 파, 옥수수를 심어 길렀다. 50여 년을 일군 밭이었다. 그리고 올해 처음으로 밭에 단 하나의 씨앗도 뿌리지 않았다.

작년 여름 치매 진단을 받고 할머니는 몸이 급격하게 쇠약해지셨지만 여전히 밭에 뭔가 심어야 한다고 말씀하셨다. 몸이 따라주지 않아 뭘 하기도 어려웠지만 할머니는 그런 현실조차 잊어버리곤 했다. 그래서 기회만 되면 밭에 나가서 늘 그래왔던 것처럼 맨손으로 잡초를 뽑으셨다.

그런데 그 밭에 할머니가 없다.

심장이 내려앉는 소리가 들리는 듯했다. 식은땀이 났다. 나는 달리기 시작했다. 동네를 한 바퀴 돌았지만 어디에도 할머니가 보이지 않았다.

다시 밭으로 돌아왔다. 우리 밭 안쪽으로 깊숙이 들어가서 보니 밖에서 잘 보이지 않는 곳에 할머니가 있었다. 남의 밭이었다. 할머니는 잡초를 뽑고 있었다.

"할머니! 여기서 뭐 해! 깜짝 놀랐잖아! 들어가야지."

"안 돼! 이거 다 하고 들어갈 거야."

할머니의 저 표정. 잘 안다. 성에 찰 때까지, 눈에 보이는 잡초들이 사라질 때까지 절대 들어가지 않을 것이다. 할머니는 장갑도 호미도 없이 맨손으로 흙을 파냈다. 오랜 농사일로 단단하게 박인 굳은살 덕분인지 손이 아프거나 힘든 기색 하나 없으셨다. 결국 나도 할머니 옆에서 풀을 뽑기 시작했다.

30분 정도 지났을까. 이제 할머니도 슬슬 지친 기색이었다. 모시고 들어갈 수 있는 기회였다.

"할머니, 이제 진짜 들어가야 해!"

할머니도 꽤나 힘드셨는지 못 이기는 척 들어가겠다고 하셨다. 나는 할머니의 오른손에 지팡이를 쥐여드리고, 왼손으로 나를 붙잡게 한 뒤 걷기 시작했다.

집으로 가는 길에는 우리 밭을 지나야 했다. 얼른 지나치려 했는데 구석에 푸릇푸릇한 게 보였다. 작년에 밭 한구석에 심었던 파가 어쩐 일인지 올해도 자란 것이다. 어마어마한 생명력이다. 할머니가 발견하지 않길 바랐지만, 역시 뜻대로 되지 않았다.

"이걸 해야 우리 가족이 먹고살지."

할머니가 파를 뽑기 시작했다. 이제 슬슬 걱정이 되었다. 지나가던 동네 사람들도 어서 할머니 모시고 집으로 들어가라고 한마디씩 하고 갔다.

"할머니… 제발… 들어가자, 제발."

"이거 다 뽑아야 해. 그래야 우리 가족이 먹고살어."

가족을 먹여 살려야 한다는 집념으로 한평생 일만 하던 할머니였다. 이제 괜찮다고, 할머니가 이런 거 안 해도 우리 다 잘 먹고 잘 산다고, 할머니가 젊을 적에 벌어둔 돈 덕분에 잘 살고 있다고 아무리 말해도 소용 없었다. 자식들을 먹여 살리기 위해 끊임없이 손으로 흙을 파내고 씨를 심는 것이 할머니 인생의 매뉴얼이 었다. 할머니의 시간은 가난에 지배를 당하던 시절에 멈춰버렸다. 이제 할머니에게 남은 건 그 매뉴얼뿐이 었다.

결국 나도 주저앉아 파를 뽑았다. 딱 봐도 먹지 못하는 파였다. 파를 다 뽑고 할머니한테 내가 들어주겠다고 한 뒤 몰래 밭 한구석에 숨겨놓고 들어왔다.

"할머니! 이제 그만해. 힘들어서 제대로 하지도 못하 잖아. 밭에 그만 나가."

"그러게. 집에서 보면 할 수 있을 것 같아서 나오는 데… 힘이 딸려서 못하겠어."

할머니의 한탄을 들으며 집으로 왔다. 집에 오자마자 흙투성이가 된 할머니를 씻겨드렸다. 젖은 머리를 수건으로 말려드리며 나는 한 번 더 말했다.

"아휴, 할머니 때문에 힘들어 죽겠어. 밭에 좀 그만 가, 좀!"

"뭔 소리야? 내가 언제 밭에 갔어?"

내가 놓쳐버린 할머니의 언어

2018년 여름은 유난히 더웠다. 우리 집엔 에어컨도 없었다. 이사를 하면서 사용하던 에어컨을 버렸는데, 갑작스럽게 더워진 날씨에 급히 다시 구매했지만 한 달 뒤에나 받을 수 있다는 통보를 받았다. 돈을 줘도 에어컨을 살 수 없다니. 시원한 카페에 가서 얼음 동동 띄운 아메리카노를 마시며 '자소서'를 쓰고 싶었지만 할머니를 혼자 두고 나갈 수는 없었다.

할머니는 더위를 잘 모르셨다. 몇십 년 만의 폭염이라며 뉴스에서 떠들어댔지만 할머니는 기운이 조금 없을 뿐, 아무리 더워도 살을 내놓는 걸 싫어하셨다. 그래서 항상 얇은 냉장고바지 같은 걸 입고 계셨다. 반면 나는 짧은 바지와 반팔 차림으로 집 안을 누비고 다녔다.

그런 나를 볼 때마다 할머니는 내 다리를 쓰다듬으며 안쓰럽다는 듯이 말씀하셨다.

"아고… 뻘건 정갱이 춥지도 않니? 바지여, 이게?"

정갱이는 대충 알겠는데, 대체 왜 뻘겋다고 하는 걸까? 맨다리를 보고 뻘겋다고 하시는 걸까? 추워지면 살이 빨갛게 변하니까 뻘겋다고 하시는 걸까?

"할머니, 뻘겋다는 게 뭐야? 빨갛다는 건가?"

"뻘건 게 뻘거벗은 거지 뭐여. 나중에 시엄니 시아비 있는 데서는 어떻게 사니? 며느리가 벗고 싶어서 어떻게 해. 챙피해서 원."

할머니는 있을지 없을지 모를 내 미래의 시부모까지 걱정하셨다. '뻘겋다'는 말이 '색'에서 비롯한 표현인 줄 알았는데 아니었다. '뻘거벗은' 내 맨살을 보고 '뻘겋다고' 하신 거였다.

사실 글을 쓰며 일부러 할머니의 말투를 생생하게 살리기 위해 노력했다. 할머니의 말투를 충청도 사투리라고 생각하는 사람도 있을 것 같다. 할머니는 오랜 세월 경기도 남부 지방에서 살아오셨다. 그리고 아주 전형적인 경기도 사투리를 사용하신다.

경기도에도 사투리가 있다고? 의문을 가지는 사람도 많을 것이다. 실제로 평택, 안성 등 경기 남부 지방은 충청도에서 영향을 받은 사투리를 사용한다. 타 지방에 비해 명확한 특징은 없지만, 한때 화제가 되었던 '중학생 농부 태웅이'를 떠올리면 된다. 마치 할아버지들이 사용할 것만 같은 말투로 '애늙은이' 타이틀을 얻으며 SNS에서 엄청난 인기를 끌었던 태웅이의 말투가 할머니와 아주 똑같다. 세세한 성조까지 완벽하게 비슷하다. 태웅이도 경기도 안성에 살고 있다고 한다.

대표적인 특징이 'ㅏ'를 'ㅐ'로 발음하는 것이다. 실제로 예전부터 항상 할머니는 '학교'를 '핵교'로 발음하셨다. 귀가 잘 들리지 않는 지금도 학교를 핵교라고 말해야 알아들으신다.

"할머니, 나 학교 다녀올게."

"뭐?"

"핵교! 핵교 다녀올게."

"핵교? 잘 갔다와아."

이런 원리로 정강이도 정갱이라고 말씀하시는 것이었다.

할머니와 평생을 함께 살았지만 나는 할머니의 말을 다 알아듣지 못했다. 그냥 할머니의 말투와 단어가 재미있었다. 예전에는 저런 말을 썼는데 요새는 안 쓰는구나, 그렇게 생각했을 뿐이다. 알아들으면 알아듣는 대로 못 알아들으면 못 알아듣는 대로 그렇게 흘러가 버린 할머니의 언어가 얼마나 많았을까.

그 어느 때보다 더웠던 그해 여름, 할머니는 농사일을 하느라 굳은살이 잔뜩 박인 손으로 내 다리를 쓰다듬으며 매일매일 물어보셨다.

"뻘건 정갱이 춥지도 않니?"

라떼는 말이야

"할머니, 할머니 어릴 때는 어땠어?"

"나 어릴 때는 힘들었다. 밥도 제대로 못 먹고 살았어. 지금은 을마나 좋은 세상이여."

할머니에게 어릴 적 이야기를 물으면 자동응답기처럼 늘 같은 말씀만 하신다. 나이나 경험이 많은 사람이 어린 사람에게 "나 때는 말이야." 하며 과거의 일을 말하는 행위는 대체로 "나 때는 더 힘들었고 요새는 참 좋은 세상이니 감사한 줄 알아라." 하는 결론으로 끝난다. 그리고 그 고생을 견뎌내고 지금의 자리까지 온 자신의 노고를 우러러보라는 무언의 압박도 담겨 있다.

나를 포함한 요즘 젊은이들은 이 "나 때는"으로 시작하는 말을 "라떼는 말이야." 하며 농담으로 소비하고 기성세대의 과거 전시를 비꼰다.

하지만 할머니의 "나 때는"은 그냥 흘려들을 수 없었다. 일제강점기와 한국전쟁이라는 폭풍 같은 근현대사를 살아내신 할머니의 '라떼'는 진짜였으니까.

"할머니 어릴 때 어땠는데? 자세히 말해봐."

할머니의 이야기를 조금 더 자세히 듣고 싶어 어린 시절에 대해 물어본다. 하지만 할머니는 자세히 이야기해준 적이 별로 없다.

"아휴, 기억도 안 나. 기억하기도 싫어. 물어보지도 말어. 귀찮어."

할머니는 귀찮은 표정을 지으며 손을 휘이 저었다. 그저 '먹고사는 게 참 힘들었다.'로 모든 이야기를 퉁치며 더 이상 말을 잇지 않으셨다. 할머니의 어린 시절 이야기를 들려준 건 아빠와 고모였다.

"우리 어릴 때는 엄마 아버지 피란 가던 얘기를 안

들은 애들이 없어. 예전에 집에서 나무로 불을 때는데, 그 불쏘시개 있지? 그 불을 화로에 담아서 방 한가운데에 두는 거야. 겨울에 화로 옆에 뺑 둘러 앉아가지고 옛날이야기를 하시는 거야, 그렇게."

아빠와 고모의 그 희미한 기억에 할머니와 할아버지의 어린 시절이 남아 있었다.

할머니가 열대여섯 살이 되었을 때, 할머니 친구들은 모두 결혼을 했다. 지금으로 치면 중학생, 고등학생밖에 안 되는 어린 나이인데 부모들이 서둘러 결혼을 시켰다고 한다. 당시 일본이 시집가지 않은 처녀들을 잡아간다는 소문이 있었기 때문이다. 결혼하지 못한 여자아이들은 숯을 얼굴에 묻히고는 남의 집 아이를 빌려 업고 다녔다. 유부녀처럼 보이기 위해서였다. 할머니도 일본군에게 끌려가지 않기 위해 얼굴에 검댕을 잔뜩 묻힌 채 다른 집 아이를 업고 일했다고 한다.

할아버지가 자란 동네는 지역 3·1운동이 시작된 곳이었다. 1만여 명이 참여한 만세 운동이었다고 한다. 어린 할아버지는 일본군이 강제로 징병한다는 소식을 듣고 집을 나갔다. 탄광으로 끌려간다는 소문에 멀리 도망가 한동안 숨어 지냈다고 한다.

당시에는 동네에 일제의 앞잡이(친일파)가 한두 명씩 있었다고 한다. 만세 운동을 하거나 도망가는 이웃을 신고하고 고발하는 사람들이었다. 할아버지가 살던 동네에도 그런 사람이 있었는데 아빠와 같은 학교를 나온 선배의 아버지였다. 나중에 해방이 되자 앞잡이 노릇을 하던 그 사람을 동네 사람들이 때려죽였다고 한다. 그렇게 살벌한 시대였다.

할머니와 할아버지는 철모르는 어린이가 아니었다. 당장 생존이라는 문제가 눈앞에 닥친 어린 인간이었을 뿐이다. 모든 에너지를 살아남기 위해 쏟아붓는 삶이었다. 아마 당시에는 다 그랬을 것이다.

그렇게 어린 시절을 버텨낸 할머니 할아버지는 광복의 기쁨을 충분히 만끽하기도 전에 이번에는 한국전쟁을 맞이한다.

한국전쟁에 참전하셨던 할아버지는 어린 나를 무릎에 앉혀놓고 다리에 있는 총상 자국을 보여주시며 전쟁 때 이야기를 해주곤 하셨다. 정확하게 기억나지는 않지만 이야기 속 할아버지는 영웅 같았다. 아마도 어린 손녀딸에게 이해시키기 위해 적당히 과장을 섞어 말씀하셨을 것이다. 지금의 나와 비슷한 나이였을 젊은 할아버지는 어느 날 갑자기 무거운 쇳덩이를 들고 전쟁터에 뛰어들어야 했다.

할머니는 전쟁이 한창이던 때에도 밭에 나가 일을 했다. 동네에 '북한 괴뢰군'이 내려오면 짐을 싸서 피란을 갔다가, 다시 남한군이 동네를 차지하면 올라와서 농사를 지었다. 짐을 싸들고 부산까지 피란을 갔다가 남한이 인천을 필두로 서울까지 탈환했다는 소식을 듣자 다시 짐을 싸들고 걸어서 경기도의 집으로 돌아오기도 했다. 그리고 다시 농사를 지었다.

노인과 아이들은 피란 가기도 힘들어서, 도망가지 못하고 살던 집에 그대로 있어야 하는 경우도 있었다. 그러다 북한군이 와서 밥 달라고 하면 밥을 주었단다. 할머니도 미처 피란 가지 못했을 때 밥 좀 달라고 찾아온 북한군을 여러 번 맞닥뜨렸다.

나중에 아빠는 학교에서 북한군이 유부녀를 강간했고 사람을 무자비하게 때려죽였던 괴물이라고 배웠다지만, 할머니는 다 그렇진 않았다고 말씀하셨단다. 그냥 와서 밥 달라고 했고, 밥 먹으면 얌전히 돌아갔다고. 군인들끼리 서로 싸우고 죽였지 민간인은 건드리지 않았다고 하셨단다.

할머니와 할아버지는 전쟁이 끝난 직후 중매쟁이를 통해 서로 얼굴도 보지 못한 채 결혼을 했다. 두 분은 그렇게 만나 자식을 낳고 살림을 꾸리며 평생을 함께 하셨다.

어떻게 사느냐보다 살아남는 것 자체가 중요한 삶이었다. 그 덕분에 자식들과 그 자식의 자식들은 더 이상 생존을 걱정하지 않고 삶 그 자체에 집중하며 살아가고 있다.

이따금 어른들의 '라떼'를 들을 때마다 나는 할머니가 말하지 않는 '라떼'를 떠올린다. 고단한 나날을 떠올리는 것조차 힘겨웠는지 거듭되는 손녀의 질문에도 그저 침묵하기만 했던 할머니. 할머니는 이제 그 시절을 제대로 기억해내지도 못하신다.

죽고 싶다

할머니는 한평생 '맏며느리'다웠다. 맏며느리다운 외형이란 요즘 선호하는 외모는 아닐 것이다. 내 기억 속 할머니는 항상 통통했고, 손도 두꺼웠다. 맏며느리가 대체 어때야 하길래 외형으로 스테레오타입을 만들고 형용사처럼 쓰인 걸까? 짐작건대 맏며느리는 자식을 낳고 일을 해야 하니, 체력적으로 잘 준비되어 튼튼해 보이는 게 중요했을 것이다. 그러나 할머니는 이제 그 건강했던 모습을 잃고 뼈만 남은 앙상한 노인이 되었다.

"할머니, 여기 살 다 어디 갔어?"

할머니의 무릎에는 뼈와 근육에 간신히 붙어 있는

쪼글쪼글한 살만 남았다.

"아휴, 나도 우리 할머니 손에서 컸잖아. 외할머니 말이야. 우리 할머니가 살이 내려가면 곧 죽는다고 했는데, 그것도 아니네? 빨리 죽고 싶어. 지겨워 죽겠어, 아주."

죽고 싶다.

나는 듣기에도 벅찬 그 말을 할머니는 마실 나간다고 하듯이 너무 쉽게, 매일같이 말씀하셨다.

"할머니, 나 결혼하는 건 봐야지. 그때까지는 살아야지! 죽고 싶다는 말 좀 그만해."

"그래, 너도 결혼해서 새끼 하나나 둘 낳아야지. 내 새끼 낳아야 해. 마땅한 신랑한테 가서."

스물다섯 살의 나는 결혼할 마음도, 새끼를 하나둘 낳을 계획도 전혀 없었지만 당장이라도 죽고 싶다고 말씀하시는 할머니를 붙잡을 말은 이것밖에 없었다.

"그래, 맞아! 나 결혼해서 애기 낳는 거까지 봐야지, 할머니."

"에휴, 근데 너는 결혼 얼른 해야지. 나도 그만 살아야 해. 한없이 살면 에미 애비 머리 아파. 나도 구찮지만 애비 에미도 죽겠는 거야."

"아니야! 할머니 혼자 그러는 거야."

"나는 왜 이렇게 명이 기니? 내 할머니도 오래 살았는데, 그 명이 나한테도 내려왔다. 나는 독하지 못해서 죽고 싶어도 죽지를 못해. 우쩌면 좋니?"

"할머니가 그런 얘기 하면 우리가 슬프잖아."

"뭐가 슬퍼? 너무 오래 살아서 구찮아. 나만 없어도 너네 한갓지잖아."

"안 그래."

"안 그려? 아직 애기니까 너는⋯ 갈 때 되면 가야 돼. 너무 오래 살아도 안 돼."

"할머니는 살아온 거 미련 없어? 아쉬운 거 말이야."

"응, 없다. 다 하고 살았어. 하고 싶은 거 없어."

이렇게까지 단호하게 하고 싶은 것을 다 했다고 하실 줄은 몰랐는데, 뜻밖의 대답에 조금 당황스러웠다.

"내가 일을 좀 잘했잖아. 실 꿰매고 밭매는 거부터 어디 가서 일하는 데 빠지지 않았다. 일을 참 잘했어.

2018년 봄과 여름

그래서 내가 먹고살았어."

열심히 노동하면 그만큼 모을 수 있는 시대였다. 할머니는 손끝이 야무지고 성실했다. 타고난 농부 체질이었다. 할아버지는 셈을 잘하고 수완이 좋았다. 할머니가 채소와 곡식을 잘 가꾸면 할아버지는 그걸 내다 팔았다. 그렇게 번 돈으로 다시 땅을 사서 다른 농작물을 심었다. 할아버지와 할머니는 그렇게 정직한 땀을 흘리며 자식들을 키우셨다.

할머니는 그런 삶에 자부심을 갖고 계셨다. 하지만 나는 할머니가 안쓰럽다. 악착같이 일해서 돈을 모았지만, 단 한 번도 할머니 자신은 제대로 누리지 못하신 것이 너무 슬프다.

"할머니, 할머니는 이제 그만 살아도 여한이 없어?"

"난 여한 없다. 어서 죽고 싶어. 사는 게 지겨워. 지겨워 죽겠고, 귀찮아. 몸까지 성하지 않아서 아무것도 못하고 정말 죽겠다. 어떻게 하루빨리 쉽게 가는 방법이 없을까? 있으면 그거나 찾고 싶다."

여한이 없다.

할머니는 삶에 '여한이 없다'고 말씀하신다.

사람들은 죽음을 두려워한다. 죽음은 불확실성으로 가득 차 있다. 죽음에 닿는 과정, 죽음 이후의 세계를 산 자들은 알 길이 없다. 죽음에 있어 확실한 것은 지금의 삶으로 다시는 돌아올 수 없다는 사실뿐이다.

우리는 모두 죽을 예정이다. 그렇기에 한 번뿐인 삶과 이 시간이 소중한 것이다. 죽음 앞에 여한 없는 사람이 있을까. 죽음을 앞두고 삶이 아섭지 않은 사람이 있을까.

할머니는 매일 죽고 싶다고 하신다. 스스로 죽음에 닿고 싶지만 용기가 없는 당신을 원망하실 정도로 죽음을 간절하게 바라신다. 할머니가 생각하는 죽음은 무엇일까? 끝일까. 아니면 영원한 휴식일까.

2018년

가을과 겨울

할머니의 단 한 가지 후회

  죽음이 가까워져 더 이상 생에 미련이 없을 때, 인생의 무엇을 가장 후회할까. 나이가 들수록 해보지 않았던 것을 후회한다는 말이 있다. 나 역시 인생의 작은 사건들을 되돌아보면 해봤지만 잘하지 못한 일보다는 도전조차 해보지 않은 일이 더 후회된다. 그러니 할까 말까 할 때는 일단 해보는 게 나을 것이다.

  할머니는 학교를 못 갔다. 글을 배우지 못했다. 치매에 걸려 모든 기억을 잃어가면서도 할머니는 습관처럼 한글을 모른다고 말씀하셨다. 배우지 못한 한이 가슴에 응어리졌는지 할머니는 그 이야기를 할 때마다 주먹으로 가슴을 쳤다.

"나도 너처럼 할머니 할아버지 손에서 컸다. 나는 국민핵교도 못 가고 글도 못 배웠어. 그때는 정말 왜 그랬는지 몰라! 나만 안 간 게 아니고 내 또래는 다 안 갔어. 오네, 육네, 숙희네… 지금 이름 기억하는 내 친구들 다 안 갔어. 그때는 어려워서 그랬었나? 왜 나를 핵교 안 보내줬는지 모르겠다?"

할머니는 학교 못 간 이야기를 할 때마다 얼굴의 주름이 더 깊어지는데, 그 표정들이 항상 비슷하다. 우는 것도 화난 것도 슬픈 것도 아닌, 후회하는 표정이다.

"생각해보면 돈이 없어서 못 간 것도 아니여. 우리 아버지가 황소로 마차를 끌었는데 돈을 잘 벌었던 것 같어. 그때 아버지가 동네에서 가장 좋은 옷을 입고 다녔어. 근데 왜 핵교를 안 보내줬는지 모르겠다. 우째 그랬을까, 그때는."

할머니는 오남매 중 첫째로 태어났다. 여동생과 남동생이 둘씩 있었는데, 남동생 둘만 학교를 갔다고 한다.

"할머니, 그럼 학교 안 가고 뭐 했어?"

"그냥 놀았어. 고무줄놀이 하고, 사방치기 하고."

"할머니, 글 못 배워서 너무 아쉽지."

"아쉽지, 원통해 죽겠어. 근데 그때는 다 그랬다. 나만 못 배운 게 아니고 우리 동네 내 또래 다 못 갔어. 나만 못 갔으면 그건 또 그런데 다 못 갔어. 그때는 핵교도 없었나? 아니면 어려워서 그랬었나, 이젠 잘 기억도 안 나."

말이 별로 없는 할머니는 글 이야기만 나오면 말이 많아진다. 했던 말을 계속해서 반복한다. 당신만 글을 배우지 못한 게 아니고 다 못 배웠을 거라고 거듭 말씀하신다. 여자는 배우지 못하게 하는 사회였으니까, 아쉽지만 어쩔 수 없었으니까, 괜찮다. 할머니의 잘못이 아니라 정말 어떻게 할 수 없던 시대였다는 사실에 위안을 받으려는 것 같았다.

실제로도 그 시절엔 어려우니까, 여자니까 배우지 못했을 것이다. 그 뒤에는 결혼하고 아이 낳고 먹고사는 게 바빠서 또 배우지 못했을 것이다. 그 미련은 여전히 할머니 마음속 깊이 크게 자리 잡고 있다.

글을 배우려는 시도를 안 한 건 아니었다. 30여 년 전 할머니는 할아버지에게 글 배우고 싶다고, 노인들한테 가르쳐주는 곳이 있다며 가서 배우고 싶다고 했단다. 그러나 할아버지는 할머니에게 타박을 주며 가지 못하게 했다고 한다.

어느 날 할머니와 보던 TV 다큐멘터리 채널에서 글을 배워 책을 만드는 할머니들의 이야기가 나왔다.

"할머니, 할머니도 학교 갈래? 요새는 할머니처럼 젊을 때 한글 못 배운 사람들한테 한글 가르쳐주는 학교가 있어. 할머니도 갈래?"

"요새는 또 그러니?"

"응, 할머니. 지금 저기 텔레비전에 나오는 할머니들도 한글 배워서 글 쓰잖아."

"저 사람들은 다들 몇 살이야?"

"할머니랑 비슷하지 않을까? 할머니도 가자."

사실은 할머니보다 젊은 분들이었다. 할머니의 얼굴에는 설렘이 조금씩 번지는 듯했다. 그러나 금세 사라졌다.

"됐다. 지금 무슨 핵교를 가? 알았던 것도 잊어버리는데 뭘 배워. 이제 못 배워."

나는 매일 같은 글자를 배우더라도 배우는 것 자체에 의미가 있다고 생각했지만 할머니는 단호했다. 결국 나도 우리 가족도 할머니의 응어리를 풀어드리지 못했다.

요즘 가장 후회하는 것은 할머니가 더 건강하실 때 이야기를 많이 나누지 못한 것이다. 나는 집이 아닌 다른 곳에서 나의 시간을 살아가느라 정신이 없었다. 그리고 돌아왔을 때 이미 할머니는 모든 것을 잊어가고 있었다. 조금 더 건강하실 때 이런 이야기를 나눠볼걸. 할머니가 할아버지한테 글을 배우고 싶다고 하셨던 걸, 나는 왜 몰랐을까.

할머니에게 계속 말을 건다. 대화를 하고 기록한다. 할머니의 이야기를 듣는다. 이런다고 나중에 덜 후회가 될까 싶긴 하지만 지금은 그것밖에 할 수 있는 게 없다.

며느리는 당연하고   손녀는 대견하다

'벽에 똥칠할 때까지 산다.'

이 말이 단순히 비유인 줄만 알았다. 젊을 땐 "벽에 똥칠할 때까지 살고 싶지 않다."고 하고, 나이 든 노인들은 "벽에 똥칠하기 전에 죽어야지."라고 한다. 단순히 늙음을 단적으로 비유하는 말인 줄 알았다. 그걸 실제로 내 눈앞에서 보기 전까지는.

어느 날 아침에 일어나니 할머니가 화장실 앞에 계셨다.

"할머니! 여기서 뭐 해?"

"목간통 가려고 나왔지."

할머니 방에서 화장실까지 이어지는 바닥에 무언가 묻어 있었다. 냄새가 코를 찔렀다. 할머니는 항상 성인용 기저귀를 차고 있는데, 모르는 새에 용변을 보면 손을 넣어 만졌다. 물컹한 게 무엇인지 궁금해서 만진 건지, 설마 하는 불안감에 만진 건지, 이유는 모른다. 그러고 나면 할머니는 우리에게 미안한지 혼자 화장실로 갔다. 옷과 손에 묻은 것은 잊고 집 안의 온갖 가구와 물건을 잡으며 몸을 지탱하신다.

그 뒤처리를 하는 것은 꽤나 피곤한 일이다. 일단 집 안의 모든 커튼을 치고 문을 단단히 잠근 뒤 할머니를 욕실로 모시고 가 씻겨드린다. 몸을 제대로 가누지 못하는 할머니를 씻기고 옷을 입혀드린다. 머리를 말리고 로션을 발라드린 후 깨끗한 방으로 모신다.

그 후에 본격적인 청소가 시작된다. 창문을 활짝 연다. 식초 섞은 물에 걸레를 빨고 집 안 곳곳을 걸레질한다. 모든 냄새가 사라지고 흔적이 없어질 때까지 걸레질을 반복한다.

나를 괴롭히는 할머니의 행동은 이게 끝이 아니다.

올해 할머니는 생애 처음으로 농사를 짓지 않았다. 그러나 기억이 사라지고 있는 할머니는 그 사실조차 서서히 잊었다. 틈만 나면 아무것도 심지 않은 밭에 가서 잡초와 풀을 뽑으며 다음 농사를 기약했다.

땡볕에 앉아 무의미한 풀 뽑기를 하는 할머니를 그냥 보고 있을 수는 없었다. 그래서 모시고 들어오면 그때부터 다시 일이 시작된다.

할머니는 아빠가 사 온 새 지팡이를 항상 밭에 두고 오신다. 밭을 뒤져 지팡이를 겨우 찾아내 갖고 온다. 흙이 잔뜩 묻은 할머니의 손과 옷이 집 안 벽에 닿지 않게 온 힘을 다해 부축한다. 할머니를 씻겨드린 뒤 깨끗한 방으로 모신다. 다시 청소를 한다. 현관부터 화장실까지 떨어진 흙을 청소기로 빨아들이고 걸레질을 한다.

이렇게 하루에 두 번 이상 할머니를 씻기고 나면 모든 기력이 사라져 아무 일도 하지 못한다.

이런 나를 보고 동네 사람들과 가족들은 효녀라고 부른다. 하지만 난 그 말이 싫다.

'효녀'라는 말은 분명 칭찬이지만, 잘 생각해보면 계속해서 할머니를 돌봐야 한다는 의무를 나에게 지우는 말이기도 하다. 특히 남이 아닌 가족의 칭찬이 더 그렇다. 효녀라고 칭찬만 할 게 아니라 적극적으로 돌봄을 나눠야 한다. 누군가의 일방적인 희생은 절대 오래가지 못한다.

사실 내가 '효녀'가 될 수밖에 없었던 것도 그 때문이었다. 나는 엄마의 일방적인 희생을 더 이상 보고만 있을 수 없어 내가 직접 할머니를 돌보기 시작했다. 그러자 할머니를 돌보는 일은 오로지 나와 엄마의 몫이 되었다. 누군가는 해야 하는 일이다. 그러나 그 누구도 당연히 해야 하는 일은 아니다.

"할머니, 여기가 어디에요?"

언젠가 할머니와 병원에 갔을 때, 의사는 할머니에게 이름이 뭔지, 나이가 몇인지, 여기가 어딘지, 본인은 누군지 물었다. 그 뒤로 우리는 그 질문을 할머니의 현재 상태를 파악하기 위해 사용했다. 실제로 할머니의 대답은 늘 달라졌다.

"할머니, 지금 여기 어디게?"

"마을회관이지! 어디긴 어디야. 그건 왜 물어?"

할머니는 여전히 이사 온 집을 마을 회관이라고 생각했다. 그래서인지 종종 밤마다 외출할 채비를 하고 밖으로 나가려 하셨다. 어떤 날은 저녁 7시에, 어떤 날은 새벽 3시에.

난 아빠를 닮아 잠귀가 어두웠다. 결국 피곤한 몸을 일으키는 것은 늘 엄마였다. 엄마는 그렇게 고단한 새벽을 보내고 다시 하루를 시작했다.

나보다 할머니를 더 극진히 돌보는 것은 언제나 엄마였다. 그러나 나를 효녀라고 칭찬하던 가족들도, 친척들도, 이웃들도 엄마의 돌봄노동은 당연하게 생각한다.

한 남자를 만나 결혼해서, 남편의 어머니와 한집에서 살아온 나의 엄마는 25년간 이 집안의 모든 가사노동과 돌봄노동을 책임졌다. 쉰이 한참 넘은 며느리에게 치매 걸린 시모를 돌보는 노동이 추가되었을 때도 그건 당연한 일이었다. 그런데 그토록 오랜 시간 저평

가되어왔던 엄마의 돌봄노동은 아이러니하게도 할머니의 핏줄인 나에게 왔을 때에야 비로소 그 가치를 인정받았다.

난 할머니의 아들의 딸이다. 할머니는 평생 한집에 함께 살며 내가 아주 어릴 때부터 나를 돌봐주셨다. 신생아 때부터 유년기, 청소년기까지 내가 건강하게 성장할 수 있도록 도와주고 사랑을 주신 집안의 어른이었다. 치매 걸린 할머니가 딸의 자식들 이름은 잊었어도, 아들의 자식들 이름은 기억하는 이유는 아마도 그 때문일 것이다. 직접 당신 손으로 우리 삼남매를 키워냈기 때문이다. 그러니 내가 할머니를 돌보는 일은 지극히 당연하다. 어쩌면 돌봐드릴 수 있음에, 사랑을 조금이나마 갚을 수 있음에 감사해야 할지도 모른다.

그러나 엄마는 나와 다르다. 엄마는 할머니와 혈연도 아니고 할머니에게 보살핌을 받은 적도 없다. 그저 할머니의 아들과 결혼했을 뿐이다. 그런데도 남편의 고향으로 와 평생 남편의 집 가사노동을 도맡아 하며 남편의 부모를 돌본 엄마의 노고는 아무도 특별하게 생각하지 않는다. 당연히 해야 하는 희생이다. 엄마가 돌봄을 하지 않았을 때 비로소 상황은 특별해진다. 엄마는 비난의 대상이 될 것이다.

그렇다면 할머니는 그저 며느리의 노동을 착취하는 가해자이기만 할까?

할머니 역시 얼굴도 모르는 이와 결혼을 하며 고향을 떠났다. 남편의 집으로 와서 70년 동안 힘든 농사일뿐 아니라 집안의 모든 가사노동과 돌봄노동을 도맡았다. 남편의 어머니와 아버지, 동생들까지 돌보았다. 할머니 역시 결혼했다는 이유로 그 '당연한 노동'의 폭력성을 감내해야 했다. 이 노동의 대물림 속에서 나의 할머니는 피해자이자 가해자였다.

10년 전 엄마의 엄마, 나의 외할머니는 암 판정을 받았다. 외할머니가 입원해서 수술을 받기 전 잠시 간병할 사람이 필요했다. 자식들이 돌아가면서 맡기로 했다. 엄마와 이모, 외숙모 들이었다. 큰외삼촌 내외는 사정이

있어 못 한다고 했다.

　엄마는 나에게 속상한 마음을 숨기지 않고 말했다.

　"아무리 그래도 그렇지, 엄마 아픈데, 다들 돌아가면서 하는데 맏며느리가 빠지면 되니? 넌 어떻게 생각해? 나는 좀 그래. 다들 하는데 어떻게 안 해…. 할 사람 없는 거 뻔히 알면서."

　가족이라는 이름 아래 피해자는 가해자가 되고 다시 또 다른 피해자를 만든다. 답답하고 속상한 마음이 서로를 향하지만, 그 비난의 가운데에 전통적인 '가족'을 이루는 중심, 즉 할아버지, 아빠, 삼촌 들은 없었다. 그들은 처음부터 끝까지 방관자였다. 서로를 헐뜯고 다투는 여자들 곁에서 바라보기만 하다 한마디 거들 뿐이었다. 아무도 그들을 비난하지 않았다. 같은 자식이지만 아무도 그들에게 돌봄노동의 의무를 요구하지 않았다. 큰아들이어도, 맞벌이를 하고 있어도, 남자는 예외다.

　서로 다른 성씨를 가진 여자들만 서로를 미워하고 탓하고 가엾어한다. 돌보고 돌봄을 떠넘기고 돌봄을 감내하고 돌봄을 받다가 결국 생을 마감한다. 세대가 바뀌어 내 또래 여자들이 세대의 허리에 자리 잡으면 그 원망의 사슬이 끊어질까. 며느리에게 아무것도 당연하게 생각하지 않는 그런 세상이 올까.

종종 할머니를 돌보는 나를 보며 동네 어른들은 말한다. 시집갈 준비가 되었다고. 할머니를 돌본 이력이 있는 난 누군가의 어머니를 돌볼 준비가 된 경력직 예비 며느리인 셈이다.

내 돌봄은 온전히 할머니의 따뜻한 손길을 기억하는 자식으로서의 도리다. 나에게도 때때로 힘들고 벅찬 순간이 온다. 그러나 할머니를 돌봐드릴 수 있음에 감사한 마음이 더 크다. 힘들지만 최선을 다한다. 이것은 내가 스스로 선택한 일이다. 그리고 스스로 선택하지도 않은 앞선 세대 여자들이 아무 대가 없이, 칭찬 없이 오랜 세월 해온 일이다.

할머니의 걱정

치매 걸린 할머니와 함께하는 일상은 걱정의 연속이다. 잠깐 외출한 사이 할머니가 사라질까 걱정하고, 한눈판 사이에 감당 안 되는 사고를 칠까 걱정하고, 혹여나 할머니가 다치거나 잘못될까 걱정한다. 점점 아이가 되어가는 할머니는 돌보고 보호해야 하는 존재다.

그 와중에도 할머니는 자식들 걱정을 멈추지 않는다. 할머니가 제일 걱정이라고, 당신 몸이나 잘 건사하고 우리 걱정하지 마시라 그렇게 이야기를 해도 할머니의 걱정은 끝이 없다. 손주들이 옹알이를 시작했을 때부터 대학에 가고, 결혼하고, 군대를 가고, 취업한 지금까지도 할머니에게 우리는 늘 걱정거리 아기들이다.

　할머니는 얼마 전 처음으로 손주사위를 맞이했다. 예비 형부가 집으로 인사를 온 날. 할머니는 약간 흐린 눈동자로 인사도 받는 둥 마는 둥 하다가 들어가 주무셨다. 한 시간 정도 주무시고 나온 할머니는 집에 앉아 있는 젊은 남자를 보더니 당황한 눈치였다.

　"저이는 누구니?"

　"할머니 아까 인사드렸잖아. 언니 남편 될 사람, 할머니 손주사위."

　"뭐?"

　당황한 할머니는 잠시 말을 잇지 못했다. 아주 오랜만에 보는 진지한, 그리고 긴장한 표정이었다. 그러더니 곧 나에게 질문 폭격을 날리셨다.

　"뭐 하는 이야?"

　"몇 살이니?"

　"어디 사는 사람이야?"

　"시누는 있니?"

이 네 개의 질문이 한 세트였다. 같은 대답을 네 번쯤 했을 때 언니와 예비 형부가 떠날 채비를 했다.

"할머니, 할머니 손주사위 이제 간대."

"뭐?"

할머니는 잠시 고민하더니 말씀하셨다.

"나도 인사하러 갈까?"

할머니가 조심스럽게 물었다. 아마 당신 스스로 아프다는 것을 알고 있고, 언니에게 폐를 끼칠까 염려하시는 듯했다. 할머니는 진지했지만 나랑 동생은 그런 할머니가 귀여워 웃음이 나왔다. 마침 그때 예비 손주사위가 와서 인사를 드렸다.

"할머니! 이제 가볼게요. 안녕히 계세요."

할머니는 빤히 쳐다보더니 대뜸 한마디 했다.

"에잉, 왜 이렇게 작아?"

예비 형부는 보통 체격이었지만 할머니는 안타깝고 속상한 마음을 내비쳤다. 당황한 아빠가 말했다.

"엄마! 뭐가 작아. 나랑 비슷한데."

"너도 너무 작아! 듬직하지 못하게. 우리 큰 손녀딸

은 아주 맏이답게 듬직한데 자네는 너무 작고 말랐어."

솔직한 할머니의 촌철살인에 모두 박장대소를 했다. 그리고 예비 형부가 올 때마다 이 레퍼토리는 반복되었다. 늘 같은 질문, 같은 반응이었다. 심지어 결혼식 전날에도 물어보셨다. 항상 무엇을 하는 사람인지, 어디에 사는 사람인지, 시누이가 있는지 반드시 물어보셨다.

손녀딸을 고생시키지 않을 만한 사람인지 염려해 무엇을 하는 사람인지 궁금하셨을 것이고, 너무 멀리 가면 자주 보지 못할까 싶어 어디에 사는 사람인지 물어보셨을 것이다. 시누이가 있는지 없는지는 반평생을 남편 동생들의 온갖 뒤치다꺼리를 하며 살아오신 할머니에게 가장 중요한 질문이었다. 큰 손녀딸이 혹시나 시누이들과 함께 살며 시집살이를 당하진 않을까 걱정하신 거였다.

할머니는 이미 병이 깊었지만 가족의 안위를 걱정하실 때만큼은 경험에서 우러난 날 선 질문을 던질 줄 아는 어른이었다.

"할머니, 저 내일 어디 가는지 기억나요?"

"너 내일 어디 가는 걸 내가 어떻게 알어?"

"군대! 나 군대 간다고 했잖아요."

남동생 입대 전날이었다. 역시나 할머니는 기억하지 못했다.

"너 군대 가니? 엄머… 들어도 잊어버린 것 같어."

"할머니, 얘 내일 군대가."

놀란 할머니에게 내가 덧붙여 설명했다.

"내일? 내일 가는 거여? 그럼 나 못 가? 가는 거 못 보니?"

지난 몇 개월간 수없이 말씀드릴 때는 별 반응이 없었는데, 내일 당장 군대에 간다니 할머니는 꽤 놀라신 듯했다.

"응, 너무 멀어서 할머니는 못 가고 내일 엄마랑 아빠랑 누나는 가요. 그래서 고모가 집에 올 거예요."

동생은 차근차근 설명했다. 그런데 할머니는 뜻밖의 이야기를 하셨다.

"멀다고 안 데려가? 차를 타고 가는데 멀다고 못 가?"

뜻대로 움직여지지 않는 몸에 체념하여 늘 멍하니 앉아 있던 할머니가 웬일로 멀리 강원도까지 가겠다고 하셨다.

"할머니 못 가요. 강원도여서 엄청 멀어요. 몇 시간이나 가야 해요."

"몇 시간 가야 돼? 그래도 나 내일 갈 거야."

"할머니 못 가. 그래서 지금 인사해야 해요. 저 건강하게 잘 갔다 올 테니까 너무 걱정하지 마요."

"아니, 그래도 직접 보는 거랑 다르지!"

평소 할머니는 혹여나 우리에게 피해를 줄까 뭔가 행동하고 고집하는 것을 굉장히 꺼리고 민망해했다. 이토록 의지를 보이는 건 처음이었다. 그 모습이 웃기기도 하고 슬프기도 했다.

"아이고, 애기 가는데 어쩌냐… 군인 가는데. 요새 군대 밥은 많이 준다니? 배고프게는 안 줘? 예전에는 배가 고팠대. 니 아빠는 맨날 배고프다고 했었어."

함께 갈 수 없음을 인정한 할머니는 계속 동생 걱정을 했다. 거의 40년이나 지난 아빠의 군 생활을 복기하면서 말이다. 동생이 기숙사에서 공부하는 사이에도 매일같이 집에 온다는 기별이 왔냐고 묻던 할머니다. 또얼마나 찾으실까. 동생이 군대 갔다는 사실은 얼마나오래 기억하실까? 그걸 잘 아는 동생이 말했다.

"할머니, 저 없을 때 찾지 마요. 군대 간 거 잊어버리지 마요!"

"막내 없으면, 보고 싶으면 속으로나 걱정하지… 얼마나 고생하나 그러지. 그렇게 찾거나 하지 않을 거여. 주책 떨거나 그런 소리 하면, 애비 있는데 듣기 싫게."

할머니는 다 알지만 그저 말을 안 했을 뿐이었다. 괜한 걱정이 자식들에게 더 스트레스를 줄까, 걱정이 듣기 싫은 소리로 들릴까 싶어 안 하신 것이다. 걱정하는당신 모습을 보는 자식들의 기분까지 걱정하셨다. 할머니는 다정한 표현이나 살가운 애정 표현을 하시는 분은아니었다. 걱정은 할머니가 우리에게 사랑을 표현하는방식이었다. 왜 옛날에는 할머니의 걱정이 잔소리처럼들리고 싫었을까?

졸업 유예를 하며 집에 있던 나의 졸업식 날이 되었다. 할머니에게 드디어 대학교를 졸업했다고 말씀드렸다. 졸업식에 오시면 좋았을 테지만 거리도 멀고, 할머니의 몸 상태로는 무리였다.

"할머니, 나 대학 졸업했어요."

국민학교도 들어가지 못하고 글도 배우지 못해 평생 한이 맺힌 할머니에게 내 대학교 졸업장을 꼭 보여드리고 싶었다.

"너 대학 못 갔잖어. 안 그려?"

할머니는 손주가 아닌 할머니의 딸, 고모를 생각하며 말씀하시는 듯했다. 나를 못 알아보시는 걸까 했지만 그건 아니었다.

"할머니, 나랑 언니 다 대학교 나왔는데? 언니는 대학교 나오고 대학원도 나왔어!"

"둘 다? 얼마나 됐어?"

할머니는 대학원이 뭔지 잘 모르셨다. 일단 대학교를 나왔다는 사실만으로도 놀라신 듯 보였다.

"나 대학교 5년 전에 갔잖아! 오늘은 졸업했고."

"아고… 5년 된 것도 몰랐어?"

할머니에게 자랑하고 싶은 것이 있었다. 사실 여름 졸업이기 때문에 큰 의미는 없었지만 꼭 말씀드리고 싶었다.

"할머니, 나 1등 했다!"

"뭐라고?"

"1등 했다고, 공부 1등."

"아… 출세했네. 우리 애기. 애기가 공부해서 1등 했어? 1등 했으니까 좋다."

공부로 1등을 했다고 말하자 할머니는 대번에 활짝 웃으셨다. 사실 어떤 공부인지, 어디에서 1등을 했다는 건지도 잘 이해하지 못하셨지만 그저 '공부', '1등'이라는 말만 들어도 좋아하셨다.

학교에서 준 메달을 할머니에게 드렸다. 할머니는 그  메달의 의미도, 그 메달에 쓰여 있는 말의 의미도 잘 모르셨지만 계속 만지작거리며 웃으셨다. 그리고 내가 출세했다며 기뻐하셨다.

"할머니, 그렇게 좋아?"

"그럼, 좋지. 1등하면 언제까지 가잖어? 오래가지."

"뿌듯해?"

"뿌듯한 게 뭐여?"

"자랑스러운 거!"

"흐뭇해여. 아, 내 새끼 출세했다."

"할머니, 그건 까먹지 마…."

며칠 뒤에 나는 할머니에게 1등 소식을 다시 말씀드
렸다. 할머니는 처음 듣는 것처럼 똑같이 나의 출세를
기뻐하셨다.

할머니의 얼마 남지 않은 생이 더 이상 자식들 걱정
으로 가득 차지 않기를, 그 걱정이 있던 자리에 뿌듯함
과 자랑스러움이 채워지길 바란다. 그럴 수만 있다면,
매일 똑같은 자랑을 해야 한다 해도 괜찮다.

죄지은 사람은　아무도 없는데

할머니는 새벽까지 잠들지 못하셨다. 정확히 말하면 시간 감각을 잃어버리셨다. 새벽 2시에 밭에 가서 일을 해야 한다며 장갑과 양말을 찾아 거실을 돌아다니셨고, 어느 새벽 3시에는 저녁을 먹어야 한다며 냉장고를 뒤지셨다. 주무시지 않는 할머니와 실랑이를 벌이는 가족도, 그 소리에 깨는 가족도, 밤새 잠을 잘 수 없었다. 그리고 그대로 출근해야 했다. 잠을 자지 못하면 제아무리 성인군자여도 신경이 날카로워진다. 잠 못 드는 하루가 이틀이 되고, 사흘이 되고, 일주일이 되어가면 우리는 병원에서 처방받은 수면제를 꺼냈다.

할머니는 수면제를 이따금씩 복용한다. 그러나 우리에게 수면제는 정말 최후의 수단, 마지막에 어쩔 수 없이 꺼내는 마지노선 같은 방책이다.

수면제를 드시면 할머니는 거의 하루 종일 정신을 차리지 못하고 잠만 주무셨다. 너무 오래 주무시는 게 걱정되어 억지로 깨워 식사를 드리면 눈을 감고 몽롱한 정신에 간신히 밥알을 삼키다 다시 잠이 드셨다.

정신이 들 즈음에는 너무 오래 누워 계셔서인지, 수면제로 인한 근육 이완 때문인지 몇 시간 동안 아예 움직이지 못하셨다. 화장실조차 가지 못해서 누워서 배변을 하는 일도 많다. 그렇게 하루가 더 지나야 다시 정상적인 생활이 가능해졌다. 악순환이었다.

수면제를 드신 할머니의 증상을 보고 처음에는 당황해서 더 약한 약을 처방받아 왔지만 잠에 취해 움직이지 못하시는 건 똑같았다. 그런 할머니에게 다시 약을 드리는 것은 힘든 일이다. 요양병원에서 치매 노인들에게 수면제와 신경안정제를 과다 투약했다는 뉴스를 본 적이 있다. 따지고 보면 결국 이 약도 안 좋은 걸 알면서 우리가 편하자고 드리는 셈이었다.

돌봄노동을 하다 보면 환자의 안정과 보호자의 '덜 수고로움'이 상충하는 경우가 종종 있다. 사실 선택권은 전적으로 보호자에게 있고, 질병이 장기화될수록 보호자가 덜 수고로운 쪽을 선택하는 경우가 늘어난다. 그러나 보호자가 편한 쪽을 선택하면 환자를 우선하지 않았다는 자책이 남는다. 나를 포함한 가족들은 각자의 위치에서 최선을 다했지만, 시간이 지나면서 죄책감은 그림자처럼 따라왔다.

"이재야… 이재야!"

어느 날 할머니가 나를 부르는 소리에 아침 일찍 눈을 떴다.

급히 방에서 나서는 순간 역한 냄새가 코를 찔렀다. 할머니가 화장실 앞에 누워 계셨다. 1초 만에 모든 상황이 파악되었다. 할머니는 자다가 화장실이 가고 싶어 나오셨지만, 가늘디가는 다리로는 방부터 화장실까지 고작 다섯 걸음을 떼는 것조차 버거웠을 것이다. 결국 화장실 앞에서 쓰러지신 거다.

"할머니, 여기서 뭐 해."

"목간통 가려고 나왔지… 할미 좀 어서 일으켜."

배변 활동조차 의지대로 할 수 없었지만, 할머니는
자식들 힘든 일을 더 만들고 싶지 않다는 미안한 마음
에 혼자 화장실로 가려 하셨다. 그러나 할머니의 뜻과
다르게 자식들의 일은 더 늘어났다.

나는 우선 할머니를 일으켜 변기에 앉도록 도와드렸
다. 그리고 할머니가 기다리시는 동안 창문을 활짝 열
고 방바닥에 덕지덕지 묻어 있는 배변의 흔적을 치우
기 시작했다.

이 냄새, 질감, 색깔은 왜 봐도 봐도 익숙해지지 않
는 것인지. 그래도 뒤처리를 하는 스킬은 늘었다. 청소
를 마칠 즈음 할머니가 혼자 다시 일어나려고 하셨다.

"어어! 할머니, 안 돼. 거기 계속 앉아 있어!"

"앉아 있어?"

할머니가 화장실에 들어가 앉으신 것만으로도 힘
든 일 하나가 줄어든 셈이기 때문에 샤워까지 한 번에

해결해야 했다. 창문을 닫고, 커튼을 치고, 적당한 물 온도가 되었을 때 할머니의 샤워가 시작되었다.

"할머니, 나 누구게?"

비누 거품을 잔뜩 묻힌 채 할머니의 몸을 닦으며 물었다. 할머니에게 내가 누구냐고 물어보는 것이 습관이 되었다. 질문은 같으나 대답은 항상 다르기 때문이다.

"손녀딸이지."

오늘은 내 존재를 잊지 않으셨구나. 안도감이 들었다. 그런데 할머니가 갑자기 바쁘게 움직이는 내 손을 잡더니 말씀하셨다.

"할머니가 미안해. 너무 미안해."

할머니는 나를 빤히 바라보며 말씀하셨다. 미안하다는 말씀을 하는 것은 처음이어서 당황했다. 울컥했지만 최대한 아무렇지 않은 듯 대답했다.

"아냐, 할머니가 왜 미안해. 괜찮아."

"아휴… 미안해라. 할미가 미안해. 미안해…."

괜찮다는 내 말을 듣기는 하신 건지, 할머니는 샤워가 끝날 때까지 계속해서 말씀하셨다. 미안하다고. 미

121

안하다고. 미안하다는 말을 그렇게 많이 들은 건 그때가 처음이었다.

죄책감은 자식들만의 것이 아니었다. 자식들에게 당신의 인생을 바쳤으나 더 좋은 것을 더 많이 주지 못해 미안해하며 늘 바삐 몸을 움직였던 할머니였다. 온전하지 못한 정신과 몸을 인지한 순간부터 할머니의 죄책감은 내가 감히 상상하지도 못한 무게로 차곡차곡 쌓였을 것이다.

할머니는 종종 "내가 어서 죽어야 할 텐데… 독하지 못해 죽지도 못하고. 너무 오래 살았어."라며 가슴을 퍽퍽 치셨다. 괴로워하는 할머니를 보면 오래오래 사시라는 말이 차마 입 밖으로 나오질 않았다.

할머니의 병이 진행되면서 잘못한 사람은 없는데 점점 미안한 사람들만 생겨났다. 순간의 감정으로 할머니에게 화를 내고 미안해하는 자식들. 의지와 상관없이 사고를 치고, 정신이 들면 뒤처리하는 자식들을 그저 바라볼 수밖에 없는 할머니. 서로가 서로의 마음에 생채기를 내고 미안함과 죄책감이 스스로를 다치게 한다.

우리도 아픈 할머니를 보는 것이 처음이고 할머니도 아픈 당신의 몸과 마음이 처음이다. 처음이라 힘들고 처음이라 서로에게 미안하다. 할머니를 돌보는 일은 점점 익숙해졌지만 서로의 마음을 보듬어주는 것도, 스스로의 마음을 챙기는 것도 여전히 너무 서툴다.

돌보는 마음

엄마는 출근하기 전 아침밥을 차리고 할머니가 거실에 있는 소파에 앉도록 돕는다. 내가 느지막이 일어날 즈음 할머니는 텔레비전을 보고 계신다. 가끔은 배고프다며 먼저 나를 깨우기도 하신다.

할머니의 점심을 차려드리면 나는 내 할 일을 한다. 뒹굴뒹굴 SNS를 하며 무의미하게 시간을 보낼 때도 있고, 책을 볼 때도 있고, 공부를 할 때도 있다. 취업 사이트를 들락날락거리며 공고가 떴는지 확인하고 괜찮은 회사가 있으면 자소서를 쓰기도 했다. 사실 취준생의 하루는 단조롭고 지루하다. 그러나 나에게는 간병인이라는 또 다른 자아가 있었다.

간병인으로서 나는 바빴다. 내 할 일을 하다가도 할머니가 무얼 하고 계신지 확인했다. 고요하면 불안했다. 혹시 혼자 밖으로 나가신 건 아닌지, 무슨 사고를 치신 건 아닌지 지켜봐야 했다. 그러다가 진짜 할머니가 없어지거나, 무얼 쏟아 집을 어지르거나, 대소변 실수를 하면 수습하기 위해 하던 일을 멈추고 할머니에게 갔다.

항상 집에 사람이 있어야 했다. 내가 친구와 약속이 있어 밖에 나가야 하는 날에는 나 대신 엄마가 회사를 쉬었고, 엄마도 쉬지 못하는 날에는 고모들이 와서 할머니 곁을 지켰다. 아무도 오지 못하는 날에는 아빠가 잠깐 들어와 밥만 챙겨드렸고, 때로는 불안해서 일을 제대로 못 하고 집에 와 있기도 했다. 아무도 강요하지 않았지만 자연스레 내가 늘 집에서 할머니를 지키고 있을 수밖에 없었다.

논과 밭밖에 없는 시골집. 친구 하나 없는 이 동네에 할머니와 매일 단둘이 있다 보니 이 상황이 점점 지겨워졌다. 할머니의 곁을 지키며 돌보는 나를 사람들은 착하다고 한다. 하지만 내 마음은 그렇게 간단치 않았다.

나를 키워주셨던 어른에 대한 자식의 도리, 함께 시간을 보낸 손주의 애정, 당장 바쁘지 않은 내가 해야 한다는 의무감, 혹여나 돌아가시면 이 시간을 후회할지도 모른다는 걱정, 늙고 힘없는 약한 존재를 지켜야 한다는 젊은 인간의 도의적 책임. 할머니를 돌보는 내 마음이 항상 선의로 가득 차 있었던 것은 아니다. 종일 집에만 있어야 하니 시간이 지날수록 공간 자체가 답답하게 느껴졌고, '착한 효녀'라는 칭찬이 나를 가두는 것처럼 느껴졌다. 이 상황 자체에 화도 나고 짜증도 났지만 계속할 수 있었던 것은 그 누구도 잘못하고 있지 않다는 것을 알았기 때문이다. 가족들이 각자의 자리에서 삶을 지키기 위해 고군분투하고 있음을 알기에 나도 나의 역할에 최선을 다했던 것이다.

나를 가장 힘들게 했던 것은 무력감이었다. 졸업을 했어도 직장을 아직 구하지 못한 상황이라 앞날이 너무나 불안했다. 아무것도 되지 못했지만 무엇이든 할 수 있다는 자신감도 있는 나이 스물다섯. 그런데 집에서 할머니와 하루 종일 있으니 나 또한 생을 마무리하는 노인이 된 것만 같았다. 할머니 옆에 누워 창밖을 바라보고 있으면 모든 것이 다 부질없게 느껴지고, 의욕도 사라졌다. 죽음에 가까워져가는 할머니에게 동화되었다. 겨우 대학을 졸업했을 뿐인데, 은퇴한 노인이 되어 여생을 보내는 기분이 들었다. 그러다가 주말에 집 밖으로 나가 친구를 만나면 나이에 어울리는 나로 다시 돌아갔다.

그런 날들을 보내다 추석이 되었다. 타지에서 대학과 직장을 다니던 동생과 언니가 집으로 왔다. 오랜만에 가족들이 모이자, 솔직히 반가움보다는 돌봄노동을 나눌 수 있는 사람들이 늘었다는 것이 더 기뻤다.

호국원에 가서 할아버지께 차례를 드리고, 돌아오는 길에는 쇼핑몰에 들러 아빠의 옷을 사기로 했다. 오랜만에 하는 외출에 설렜던 것도 잠시, 누군가는 집에 남아야 했다. 나에 대한 일말의 고마움과 책임감이 있다면, 누구라도 먼저 집에 있겠다고 말을 꺼내리라 생각했다. 그러나 남동생이 집에 있겠다고 하자 엄마는 조용히 말했다.

"너는 제사 지내야지."

아, 내 동생은 남자이기 때문에 할아버지에게 제사를 지내야 했고, 그래서 꼭 가야 했다. 아빠의 옷은 언니가 사주기로 했기에 언니도 가야 했다. 사실 '제사는 나 없이 누나들이랑 엄마 아빠가 지내.' 혹은 '돈 줄 테니 네가 다녀와.'라고 말하길 기다렸지만 아무도 그렇게 하지 않았다. 암묵적으로 모두 내가 집에 있길 원했다. 그러자 아빠는 할머니를 혼자 두고 가자고 했다. 마음에도 없는 말을 하는 것이었다. 비겁했다. 그건 나를 포함한 가족 모두가 불안감 탓에 하고 싶지 않은 선택이었다. 결국 내가 집에 남았다.

아무렇지 않게 집에 있겠다고 하고 남았지만, 그날은 유난히 억울하고 속상했다.

가족들이 돌아왔을 때 방에서 나오지 않고 이유 없이 지나치게 퉁명스러운 나를 보다 못한 언니가 화를 냈다. 살가운 말을 자주 하지 않고, 어른이 되어서도 종

종 싸웠던 자매였다. 그래도 싸우고 하루만 지나면 언제 그랬냐는 듯 아무렇지 않은 척하곤 했는데, 그날은 좀 달랐다.

통퉁거리는 나에게 언니가 짜증 섞인 말을 했을 때, 나는 이전에 한 번도 한 적 없던 경험을 했다. 눈앞이 흐려지면서 앞이 잘 보이지 않았다. 소파 위에 있던 쿠션으로 미친 듯이 바닥을 치며 악을 쓰고 소리를 질렀다. 순간적으로 내가 했던 말이 잘 기억이 안 나고, 행동들도 생각나지 않는다. '이성을 잃었다'가 이런 것일까?

금세 정신이 들었다. 눈앞에 있는 언니를 보았는데 나를 향한 짜증과 분노는 당황과 충격으로 변해 있었다. 나조차 너무 놀랐고 무서웠다. 나는 바로 자리를 피했고, 언니도 나에게 더 이상 아무 말도 하지 않았다. 스스로도 순간 그때 왜 그랬는지 정확히 모른다. 그리고 무서웠다. 내가 점점 이상해져간다는 생각에 두려움이 엄습했다.

사람들은 치매 걸린 할머니를 돌보는 손녀딸이라 하

면, 효심이 깊고 선의로 가득 찬 젊은이를 떠올린다. 나는 효심과 선의로 찬 그 마음이 무엇인지 아직도 모르겠다. 그저 죽음을 기다리는 내 할머니가 인간으로서 존엄을 잃지 않도록 하루하루 곁에서 지켜드리는 것이 내가 하는 일의 전부다. 그러나 나는 정작 나 자신은 돌보지 못하고 있었다.

가족이 일상을 되찾는 방법

할머니의 상태가 눈에 띄게 안 좋아지고 있다. 지금 까지는 취업준비생(사실 백수)이었던 내가 할머니를 돌 보았지만, 나도 슬슬 면접을 보러 다녀야 했고 취업 스 터디도 시작해서 바빠졌다. 한계가 느껴졌다.

치매 노인을 집에 혼자 두는 것은 불가능하다. 그래 서 치매 노인의 가족은 선택을 해야 한다.

1. 요양원에 모신다.

2. 집에서 모신다.

　　2-1. 가족들이 돌본다.

2-2. 요양보호사의 도움을 받는다.

요양원에 모신다 생각했을 때, 우리 가족은 마음이 편하지 않았다. 비슷한 병에 걸린 노인들이 모여 계시는 공간에 할머니를 모신다는 게 걱정되었다. 여러모로 우려되는 점이 많았다.

요새는 요양원도 많이 좋아졌고, 또 집에서 혼자 계시기보다는 비슷한 연배의 노인분들과 함께 있는 것이 더 낫다는 이야기도 있다. 그러나 할머니의 내성적인 성격이 마음에 걸렸다. 다른 노인들과 자연스럽게 어울리지 못할 것 같았다. 할머니는 우울증도 있었기 때문에 더 걱정되었다.

무엇보다 할머니 본인이 옛날 분이라 요양원에 대한 인식이 그리 좋지 않았다. 아빠 역시 같은 생각이었다. 더구나 할머니는 치매에 걸리긴 했지만 가족들을 다 알아보셨다. 할머니 성격상 요양원에 가야 한다고 해도 자식들에게 싫은 소리는 안 하실 것이다. 그러나 버려졌다는 좌절감을 느끼실 것이 분명했다. 평생 농사를 지으며 가족을 부양하고 자식과 자식의 자식들까지 돌보며 살아오신 할머니가 그런 마음으로 삶을 마무리하시는 것을 우리는 결코 바라지 않았다.

할머니를 집에서 돌보게 된 건 그런 이유였다. 그러나 가족 개개인의 희생으로 감당하기에는 점점 한계가 뚜렷해졌다. 겪어보니 치매라는 병은 개인이 감당할 수 있는 병이 아니었다. 실제로 치매 환자 부양자는 우울증에 걸릴 확률이 높다고 한다.

나부터도 그랬다. 바깥 활동을 안 하고 하루 종일 할머니와 함께 있었다. 두세 달 지나니 스스로 이상해지는 것을 알 수 있었다. 우울하고 사회성이 점점 떨어지는 느낌이 들면서 몸도 마음도 갈수록 지쳐갔다. 분명 한창 공부하고 활동해야 하는 시기였는데 굉장히 무기력해졌다.

엄마도 마찬가지였다. 밖에서 일을 마치고 집에 돌아오면 또 다른 고강도의 돌봄노동이 기다리고 있었다. 하루는 살면서 단 한 번도 듣지 못했던 엄마의 목소리를 들었다. 어릴 때 우리가 아무리 잘못했어도 들어보지 못했던 거친 소리였다. 엄마가 할머니에게 소리를 지른 것이었다.

가족들은 지쳐갔고 점점 한계에 가까워지고 있었다. 가족 중 24시간 집에 있을 수 있는 사람이 있다 해도, 과연 언제까지 돌봄이 가능할지 확신이 없었다.

가족이 집에 없을 때 할머니를 돌볼 요양보호사를 찾는 방법도 있다. 하지만 이 선택은 금전적인 부담이 컸다. 개인이 오롯이 감당하려면 꽤나 부담스럽다. 요양원에 모실 경우 평균적으로 월 70~100만 원은 부담을 해야 한다는데, 상주하는 요양보호사는 근무 시간에 따라 다르지만, 최소 월 150만 원은 들어간다. 평범한 가정에서 선뜻 부담할 수 있는 금액이 아니다.

그래서 우리 가족은 노인장기요양보험을 이용해 요양보호서비스를 신청하기로 했다.

노인장기요양보험이란 고령이나 노인성 질환(치매, 뇌혈관 질환, 파킨슨병)으로 혼자 일상생활을 하기 어려운 노인에게 신체활동, 가사활동 지원 등의 장기요양 급여를 제공하는 제도다. (취업에 성공하고 나니 급여 명세서에 '장기요양비'라는 항목이 있었는데 바로 이거였다.) 이래서 사회보장제도가 정말 중요하구나, 다시 깨달았다. 특히 노인성 질환은 누구나 걸릴 수 있지만 누구나 감당할 수 있는 병이 아니다.

노인장기요양등급 판정을 받으면 지정된 요양보호기관과 계약을 맺는다. 그러면 요양보호사가 집으로 오고, 정해진 시간만큼 할머니를 돌봐준다. 돌봄의 항목은 신체 지원 활동, 가사 지원 활동 등이다. 일하신 시간에 맞는 금액의 일부를 납부하면 된다. 장기요양급여에는 여러 종류가 있는데, 요양원에 입소하는 비용을 지원해주는 시설급여도 있다. 또한 필요한 복지용구(지팡이, 매트, 휠체어 등)를 대여해주기도 한다.

나의 부모님을 포함하여 현재의 5060세대 중에는 부모를 요양원에 모시는 것에 죄책감을 느끼는 분들이 많다. 하지만 개인 또는 가족이 모든 것을 짊어질 수는 없다. 치매를 가정 안에서는 감당할 수 없다고 인정하는 것, 난 그것이 돌봄의 시작이라고 생각한다. 치매환자를 위해서도 그렇다. 환자가 다 잊어버렸다고 아무것도 모를 거라고 착각해선 안 된다.

노인장기요양등급 판정을 받기 위해서는 의사의 소견서가 필요하다. 그래서 나는 고모, 아빠와 함께 힘겹게 할머니를 모시고 병원에 갔다. 할머니는 이동 중에 어디 가냐고 정확히 여덟 번, 도착해서 여기가 어디냐고 네 번 정도 물어보셨다. 귀가 안 들리는 탓에 할머니의 목소리는 너무 컸고 그래서 주위의 이목이 집중되었다.

할머니는 석 달 정도 고모 집에서 지낸 적이 있다. 당시 고모가 굉장히 힘들어했다. 아마 딸이라서 할머니가 더 편하게 여기며 스스럼없이 대하기도 했을 것이다. 60대 중반인 고모는 건강도 좋지 않다.

진료를 기다리는데 고모가 나에게 물었다.

"할머니가 너한테는 화 안 내냐?"

"딱히 그런 거 없는데요."

아무 생각 없이 대답했는데, 고모는 아무래도 신경 쓰였나 보다. 의사를 만나자 한탄하기 시작했다.

"손녀딸한테는 짜증도 안 내고 화도 안 낸대요. 딸이랑 손녀딸이랑 또 다른가 봐요."

섭섭함이 가득 묻은 목소리였다. 그러자 의사가 말했다.

"손녀딸이 잘해주나 보죠. 치매 환자분들은 이성이 퇴화하기 때문에 애들이랑 똑같아요. 본능적인 것, 특히 감정이 굉장히 예민해져요. 힘드셔도 소리 지르지 마세요. 진짜 큰일 납니다."

치매 걸린 노인을 돌본다는 것은 정말 쉬운 일이 아니다. 아무리 인내심을 갖고 대하려 해도 보호자는 화가 날 수밖에 없다. 더구나 귀가 잘 들리지 않는 할머니에게 말하기 위해선 목소리를 크게 낼 수밖에 없다. 보호자가 화를 내고 소리를 지르면 그 상황이 치매에 걸린 할머니에게는 더욱 극대화되어 느껴진다고 한다. '화 내도 기억 못 하시겠지.' 하는 생각은 위험하다. 기억은 사라져도 스트레스는 누적된다.

내가 고모나 엄마에 비해 할머니에게 친절할 수 있는 데는 이유가 있다. 나는 많이 젊다. 체력적으로 할머니를 감당할 수 있는 정도가 다르다. 그리고 할머니는 나에게 별로 까다롭게 굴지 않으신다. 아마 손녀딸이 당신을 돌본다는 것에 굉장히 미안함을 느끼는 것 같다. 그에 비해 비교적 편한 며느리나 딸에게는 온갖 성질을 내신다. 지친 엄마와 고모는 화를 낼 수밖에 없고, 후회하고, 할머니는 할머니대로 위축되고, 화내고… 악순환이다.

우리는 요양등급 판정을 받고 계약을 맺었다. 내가 막 취업을 한 무렵이었다. 계약을 맺은 업체에 소속된 요양보호사 선생님이 나를 대신해 할머니를 돌보았다.

요양보호사 선생님은 매우 능숙했다. 오자마자 자연스럽게 할머니에게 다가가 "엄마!"라고 불렀다. 자신이 둘째 고모의 친구라며 할머니의 경계심을 풀었다. 말동무도 해드리고, 식사도 챙겨드렸다. 육체적으로 가장 힘든 샤워까지 도맡아 해주셨다.

여전히 주말 중 하루는 내가 종일 할머니를 돌봐야 하고, 엄마도 할머니가 소리 지르는 새벽이면 잠자리에서 일어나 기저귀를 갈아드린다. 할머니가 치매를 얻기 전과 같은 생활을 할 수는 없다. 그러나 요양보호사 선생님 덕에 나를 포함한 가족들은 각자의 일상을 조금씩이나마 되찾게 되었다.

왜 소리를 지르실까

"꺄오오오오오오오!"

밤 11시 반, 찢어지는 비명 소리가 집 안을 가득 채웠다. 방에 누워서 인스타그램 피드를 내리던 익숙한 손놀림을 멈추고, 나는 얼른 일어나 나갔다. 처음 듣는 소리는 아니었다. 엄마도 방에서 나왔다. 잠귀가 밝은 엄마는 일어날 수밖에 없었을 것이다. 우리는 별로 놀라지도 않고 할머니 방으로 갔다.

할머니는 침대에 우두커니 앉아 있었다. 창문 밖 가로등의 주황색 불빛이 할머니의 얼굴을 비추고 있었다.

"또 왜 그래, 할머니."

"방앗간 가야 돼. 어딨어!"

또 시작이다. 오늘은 방앗간이다.

할머니가 늦은 밤과 새벽마다 가려고 하는 곳은 늘 다르다. 전에 살던 집으로, 밭으로, 때로는 친척 집으로 가려고 하신다.

가로등 빛을 받은 할머니의 얼굴을 들여다봤다. 뭔가 이상하다. 눈은 힘주어 떴는데 동공이 풀려 있었다.

"방앗간을 지금 왜 가. 할머니, 이제 12시야. 엄마 아빠 내일 일 가야 해. 얼른 자."

"너네는 자. 나는 지금 방앗간 가야 해. 어딨어. 어딨냐고."

대체 무얼 찾으시는 건지. 할머니는 일어서지도 못한 채 기어서 방을 나왔다. 그러면서도 계속 두리번거렸다.

"할머니, 뭐 찾는데."

"양말 어딨어. 양말. 나 가야 해."

2시가 아니라 12시여서 그나마 다행이다. 할머니에게 양말을 신겨드렸다. 그러자 문 앞까지 기어서 나오셨다.

"할머니, 어디 가…."

"방앗간 가야 해. 밥 있니? 밥 먹고 싶다."

"밥 없어. 자야 돼, 지금. 할머니, 새벽이야, 새벽."

"밥이 왜 없어!"

몇 번의 실랑이 끝에 결국, 수면제 한 알을 꺼냈다.

"할머니… 제발 이러지 마. 수면제 먹으면 할머니도 내일 힘들잖아."

병원에서 처방받은 수면제를 드셔도 때로는 약효가 없어 밤새 밖으로 나오기도 하고 소리를 지르기도 했다. 약효가 너무 잘 받으면 그것 또한 문제다. 몇 달 전에는 수면제 때문에 하루 종일 일어나지 않고 잠만 주무셨다. 움직이지 않은 채 오랜 시간 누워 있다 보니 근육 경련이 왔다. 그래서 또 일어나지 못하셨다. 억지로 깨우면 아프다며 소리치셨다. 악순환이었다.

늦은 밤, 소리를 지르는 할머니 앞에 앉아 수면제를 만지작거리며 나는 고민하고 또 고민했다.

그러고 보면 할머니는 아주 예전에, 치매에 걸리기 전에도 자주 포효하듯 이상한 소리를 내곤 하셨다.

어느 날은 할머니가 창밖을 내다보며 소리쳤다.

"꺄오오오오!"

"할머니, 왜 그래?"

"바깥에 까치가 있어, 까치가."

"까치가 있는데 소리를 왜 질러?"

"그냥 노는 거지. 심심해서."

얼마 전이었다. 나갈 준비를 하는데 평소보다 일쩍 일어난 할머니가 거실 의자에 앉아서 예전처럼 또 소리를 질렀다.

"꺄오오오오!"

"할머니, 왜 소리 질러?"

"목에 뭐가 걸려서 이렇게 소리 지르는 거야. 목에 걸린 게 나오라고. 놀랐어?"

할머니는 멋쩍은 듯 웃으며 말씀하셨다.

"물 마셔. 괜찮아? 목에 뭐가 걸렸으면 물을 마셔야지 왜 소리를 질러."

며칠 후, 엄마가 밥을 먹다가 말했다.

"아침에 할머니가 소리를 갑자기 빽 지르는 거야. 그

144

래서 내가 가서 왜 소리 지르냐고 물어봤다? 그랬더니 목에 뭐가 걸렸다는 거야."

"어? 얼마 전에 나한테도 그랬는데?"

"근데 오늘 요양보호사님 있는데도 그러더래. 그래서 왜 그러시냐고 물어보니까 '아무도 없는 것 같아서 누가 있는지 확인하려고' 소리를 질렀다고 그러셨대."

아무도 없는 것 같아서. 누가 있는지 확인하려고.

할머니가 하셨다는 그 말이 가슴을 때렸다.

그날 이후에도 할머니는 밤낮을 가리지 않고 이따금 소리를 지르셨다. 그때마다 나는 당황하지 않고 일어나서 할머니 곁으로 갔다. 그리고 내가 여기 있다는 것을 확인시켜드렸다.

아무도 없는 게 아니라고, 소리 지르면 그 소리가 닿는 곳에 누군가 있다고 할머니에게 알리고 싶었다. 그것 외에는 내가 해드릴 게 아무것도 없었다.

아가

아이가 세상 밖으로 나와 뛰어다니기까지 다음과 같은 과정을 거친다고 한다.

주목한다 → 미소 짓는다 → 목을 가눈다 → 엎친다 → 혼자 앉는다 → 긴다 → 누워 있다가 혼자 앉는다 → 붙잡고 선다 → 붙잡고 걷는다 → 혼자 선다 → 혼자 걷는다

신생아가 태어나서 혼자 걷기까지 보통 1년이 걸린다. 그렇게 되기까지, 그 후에 아이가 자라 성인이 되기

까지 얼마나 많은 노력과 시간이 필요한지 난 짐작만
해볼 뿐이다.

사람이 늙어가다 보면 다시 아이가 된다는 말이 있
다. 맞는 말이다. 늙어가는 것은 아기로 되돌아가는 과
정이다. 정정하던 할머니 역시 언젠가부터 아이가 되어
가고 있었다.

어느 날은 혼자 걷는 걸 힘들어하시더니 곧 스스로
서는 것도 어려워하셨다. 조금 지나자 붙잡고 걷는 것
조차 어려워하시더니 얼마 안 가 붙잡고도 서지 못하
셨다. 지금은 누워 있다가 혼자서 앉는 것도 못 하신다.
신생아가 걷게 되는 과정을 뒤집어놓은 것 같다. 물론
아주 똑같은 건 아니다. 가끔은 신생아의 첫 번째 단계
인 '주목하다'조차 못 하고 동공이 풀려 있는 날도 있지
만, 또 어느 날은 혼자 기어 다니기도 하신다.

할머니는 아기가 되어가고 있지만, 할머니에게 스물
다섯 손녀딸은 여전히 챙겨줘야 할 아기다. 할머니는 때
때로 나를 이름이 아닌 "아가"라고 부르신다. 누가 봐도

아가였던 그 시절부터 아가라고 불리기에는 징그러운 나이가 된 지금까지도 그렇다. 뭐, 할머니는 쉰이 넘은 막냇삼촌도 아가라고 불렀으니, 나는 당연히 할머니에게 아가다.

쇠약해진 할머니는 아침에 더 이상 혼자 일어나지 못하신다. 가끔 혼자 일어나시는 날도 있지만 점점 더 힘들어지고 있다. 그날도 할머니가 하루를 시작하실 수 있도록 여느 날처럼 방으로 가 할머니를 깨웠다. 할머니는 날 보더니 눈도 다 뜨지 못한 채 졸린 목소리로 말씀하셨다.

"우리 아가, 시장해서 할머니 깨워?"

여전히 할머니는 나에게 '밥'을 차려줘야 한다고 생각하신다. 내가 스스로 밥을 해 먹는 것을 대견하다고 생각하신다. 혼자 부엌에서 식사를 차리지 못하게 되었을 때부터 음식을 드시는 것조차 스스로 완벽하게 하지 못하는 지금까지도 그렇다. 몸도 제대로 가누지 못하시면서 가족 끼니 걱정을 멈추지 않으셨다.

회사에 다니며 하루하루 정신없이 보내던 어느 날이었다. 야근을 하고 집에 오자마자 할머니 방에 들어갔다. 주무시는 줄 알았는데 아니었다. 자세히 보니 완벽하게 깨어 있지도 않았다. 내가 다가가자 할머니는 날 보더니 갑자기 내 손을 잡았다.

"아가, 아가…."

손을 꼭 잡고, 아가를 계속해서 되뇌는 할머니는 깨어 있다기보다 잠든 상태에 가까웠다. 그러나 내 손을 쥐고 아가를 애타게 부르는 할머니의 손아귀 힘이 너무 세서 억지로 뺄 수가 없었다. 야근으로 피곤했지만 할머니의 손을 빼려면 뿌리쳐야 했기에 그럴 수 없었다. 무의식중에 세게 잡은 손과 할머니의 아가 소리가 마음에 걸려서 한참을 그러고 있었다.

할머니가 왜 그렇게 아가를 불렀는지 나는 여전히 모른다. 그 아가가 나인지 아닌지도 잘 모르겠다. 할머니에게는 우리 모두가 아가니까. 그날 할머니 손의 감촉과 목소리만 지금까지도 기억에 생생하게 남아 있다.

'나'라는 사람에 대해 나는 조각난 기억밖에 갖고 있

지 않다. 아주 어릴 때 기억은 완전하지 않기 때문이다. 그러나 할머니는 나라는 사람이 성장한 시간을 연결된 형태로 기억하고 계신 분이다. 그런 할머니가 이제는 스스로에 대한 기억을 조금씩 놓아버리고 있다. 기억이 없는 시간, 아기의 시간으로 천천히 돌아가고 있다. 여전히 내가 아기였던 시절을 간직한 채, 나를 아가라고 부르면서 할머니는 어느새 아가가 되어가고 있다.

사람은 내외적으로 끊임없이 성장하려 하고 어른이 된 뒤에도 늘 몸과 마음을 부풀리려 애쓰지만 결국은 모두가 그렇게 작아진다. 어린 시절을 지나 점점 또렷해지던 어른의 기억은 서서히 흐려지고 가까운 기억부터 차례로 떠나간다. 모두가 작아지고 약해지고 끝내 아기가 된다. 나 역시 그럴 것이다.

할머니가 아기인 나를 돌봐주셨듯이 나 역시 아기가 된 할머니를 돌봐드린다. 때로는 아기처럼 떼를 쓰며 힘들게 하기도 하고 때로는 아기처럼 순한 눈으로 내 손에 몸을 맡기기도 하신다. 이렇게라도 할머니의 오래전 보살핌을 갚을 수 있어 다행이다.

151

차라리 잊는 게 나을까

"막내야, 밥 먹어라."

할머니는 쉰이 훨씬 넘은 삼촌을 부를 때 항상 "막
내" 혹은 "애기"라고 부르셨다. 어린 나는 그 호칭이 꽤
재미있었다. 엄마보다도 나이가 많은 삼촌에게 "막내"라
니! 우리 집에서 막내는 내 동생인데. 삼촌이 아무리 나
이를 한 살, 두 살 먹고, 늙어 주름이 생겨도 할머니 눈
에는 언제나 어린아이였다.

할머니의 자식 오남매 중 막내아들이었던 삼촌은,
아빠 말로는 "어릴 때부터 남들보다 좀 느리고 머리가
나쁜 아이"였다고 한다. 아이큐 검사를 하면 두 자릿수

가 나왔단다. 가족들은 딱 그 정도만 알고 있었다. 먹고 사는 것조차 쉽지 않았던 60년대였다. 병원에 가지 않아 삼촌이 정확히 어떤 병인지 몰랐다고 한다.

삼촌이 성인이 되었을 때 눈으로 확인할 수 있는 증상이 나타났다. 뇌전증이었다. 원래 병이 있었는지 성인이 되어 갑자기 걸린 것인지는 모른다. (이런 이유로 가족들은 항상 삼촌에게 미안해했다.) 삼촌은 종종 전신 근육이 경직되고 의식이 사라지는 대발작을 일으켰다. 지금은 인식 개선이 이루어지고 있지만 옛날, 그것도 시골에서 뇌전증은 '숨기고 싶은 병'이었다. 할머니는 한평생 자식을 걱정하며 사셨다.

2015년 10월이었다.

할머니는 그날도 밭에 갈 채비를 하기 위해 일찍 일어났다. 아흔이 다 된 할머니는 막내아들과 함께 먹을 아침을 차렸고, 여느 때처럼 자고 있는 삼촌을 깨웠다. 그런데 삼촌이 평소와 달랐다. 할머니는 급히 엄마와 아빠를 불렀다. 아빠는 신발도 신지 않은 맨발로 응급

차에 타 삼촌을 병원으로 데려갔다. 그러나 삼촌은 영영 일어나지 못했다.

할머니는 삼촌의 장례식에 오지 않았다. 평소처럼 밭에 가서 일을 하셨다. 밭을 매며 할머니가 어떤 생각을 하셨을지, 그 심정이 어땠을지 나는 감히 상상도 할 수 없다. 할머니와 그 뒤로 삼촌 이야기를 나눈 적은 없다. 집에서 '삼촌'이라는 단어는 마치 금기어처럼 여겨졌다.

할머니는 예전과 똑같이 일상을 살아가시는 듯 보였다. 생각해보면 그러려고 부단히 노력하셨던 것 같다. 하지만 곧 눈에 띄게 쇠약해지셨다.

삼촌이 세상을 떠난 그때를 기점으로 할머니는 급격하게 늙어갔다. 그 전 10년 동안 천천히 겪은 변화보다 그 뒤 1년도 안 되는 짧은 시간 동안의 변화가 더 컸다. 머리는 더 하얗게 세고, 주름은 더 빠르게 늘었으며 점점 말라갔다. 우울증이 찾아왔고, 약을 드시기 시작했다. 그리고 건망증이 점점 심해지고 사람을 잘 알아보지 못하시더니 얼마 후 치매 진단을 받았다.

할머니는 삼촌이 돌아가신 이후 밭에 가서 농사 짓는 일을 제외한 외출을 최대한 자제하고 사람들을 만나지 않으셨다. 자식보다 오래 사는 것이 너무 부끄럽다며, 동네 사람 보기 창피하다고 하셨다. 이제 일 그만하고 경로당 가서 친구분들과 담소도 나누고 시간을 보내시라 자식들은 말했지만 할머니는 끝까지 그러지 못하셨다. 자식보다 오래 사는 것이 할머니에겐 '죄'였다. 할머니는 입버릇처럼 말씀하시곤 했다.

"순서가 잘못됐어, 순서가. 그래서 내가 못 가나 봐… 에휴, 나는 독하지 못해서 죽지도 못해."

"할머니, 그런 말 하지 마. 그런 말 하면 속상하지 우리는…."

"아가가 듣기 좀 그러니?"

언젠가 한 번, 할머니의 가족에 대해 여쭤본 적이 있다. 내가 잘 모르는 할머니의 부모, 형제들에 대해서 말이다.

"할머니는 할머니 동생들 안 보고 싶어?"

그러자 할머니는 대뜸 나에게 화를 내며 말씀하셨다.

"뭔 동생이 보고 싶어? 아들이 죽었는데."

삼촌의 죽음 이후 할머니가 막내아들을 언급하는 걸 나는 그때 처음 들었다. 할머니는 손주들 얼굴과 이름은 잊어버리면서도 죽은 아들에 대한 그리움은 오래도록 지우지 못했다. 그 기억을 죄책감의 형태로 갖고 계시는 것이 안타까웠지만 내가 할 수 있는 일은 아무것도 없었다.

어느 날, 잠들기 직전의 새벽이었다. 할머니 방에서 이상한 소리가 들렸다.

졸린 눈을 간신히 떴다. 피곤한 몸을 이끌고 할머니 방으로 갔더니 할머니는 어두운 방 안에서 혼자 매트리스를 옮기려고 끙끙대고 계셨다.

낙상이 우려되어 침대 프레임은 빼고 매트리스만 깔아드린 상태였다. 매트리스는 장롱 문을 열지 못하도록 장롱에 가로로 딱 붙여두었다. 할머니는 치매 초기에 '물건 뒤지기'와 '물건 숨기기'라는 전형적인 행동을 보이셨다. 장롱 안에서 썩기 직전의 물러터진 바나나를 발견한 엄마가 더 이상 할머니가 장롱 문을 열지 못하게 하려고 마련한 방책이었다. 그런데 이 새벽에 그 매트리스를 치우고 장롱 문을 열려고 하시다니. 대체 왜? 이게 무슨 상황이고 왜 이러시는지 파악도 하기 전에 할머니는 장롱을 가리키며 소리를 지르셨다.

"준범이가 여기 들어갔어! 어서 문 열어!"

돌아가신 삼촌의 이름이었다. 할머니는 흥분해서 소리를 지르기 시작하셨다. 그 소리에 부모님도 잠에서 깨 할머니 방으로 왔다.

"할머니, 대체 왜 그래. 장롱에 왜 삼촌이 들어가!"

"여기! 빨리 열어! 열라고!"

할머니는 동네가 떠나가라 소리를 지르셨다.

당황스럽고 무섭기도 했다. 할머니가 귀신이라도 본 걸까? 진짜 장롱 안에 뭐가 있으면 어떡하지? 짧은 시간에 많은 생각이 스쳐 지나갔다. 나는 매트리스를 치우고 장롱 문을 열었다. 당연하게도 옷장 안에는 철 지난 옷들만 잔뜩 걸려 있었다.

2018년 가을과 겨울

"할머니, 꿈꾼 거야. 여기 봐. 옷밖에 없어. 이거 옷장이라고! 여기 사람이 왜 들어가."

장롱 안을 보여드리자 할머니는 당황한 표정이었다.

"아가, 정말 아무것도 없어? 내가 아까 분명히 봤다."

"응, 없다니까! 할머니 꿈꾼 것 같아. 어서 자요."

"그럼, 준범이는 어디 갔니?"

삼촌은 할머니의 마음속에 죄책감과 그리움으로 오랫동안 넓은 자리를 차지하고 있었다. 그러나 할머니는 결국 삼촌의 죽음마저 잊어버리셨다.

그 순간 아무도 할머니에게 대답하지 못했다. 난 삼촌이 일하러 갔다고, 아침에 올 거라고 거짓말을 한 뒤 방으로 돌아갔다.

할머니는 어떤 날은 아들의 죽음을 기억할 것이고, 다른 날은 또 기억하지 못하실 것이다. 때로는 아들의 죽음을 잊었다는 것조차 잊어버리실 것이고, 아들의 존재조차 잊을 때도 있을 것이다. 삼촌을 기억하는 것과 잊는 것, 어떤 것이 더 할머니에게 나은 일일까? 할머니의 마음을 헤아릴 길 없는 나는 그저 할머니의 망각

앞에 침묵하고 때로는 거짓말을 할 뿐이다.

할머니의 순간은 나의 순간보다 짧다. 그 짧은 순간과 순간으로 이루어진 할머니의 시간은 때론 수십 년의 세월을 오가고, 때론 낯선 자각으로 가득 차기도 한다. 순간의 기억은 잠시 머물다 사라진다. 할머니의 순간을 조금이라도 평온하게 지켜드리고 싶다. 그저 한순간 지속되는 기억일지라도, 지금 이 순간이 안녕의 기억으로 할머니에게 머물렀으면 한다.

2018년 가을과 겨울

아무것도 모르는 건 아니야

어릴 적 내 기억 속 할머니는 늘 밭에 계셨다. 항상 일을 하셨고, 늘 흙투성이였다. 그렇기에 더욱 할머니는 몸을 깨끗하게 하려고 신경 쓰셨다. 매일 아침저녁으로 샤워를 했고 밭에 다녀오면 깔끔한 옷으로 갈아입고 집에 계셨다. 고모도 할머니가 유독 샤워하는 걸 좋아 하셨다고 했다. 아침저녁으로 씻어야 직성이 풀리는 내가 할머니를 닮았는지도 모르겠다.

그런 할머니가 어느 순간부터 샤워하는 것을 싫어하기 시작했다. 거동이 불편해지고, 누군가의 도움 없이 씻을 수 없게 되면서부터다.

"할머니, 씻자!"

"뭐? 싫어."

"안 돼. 씻어야 해. 냄새나요, 지금."

"냄새가 나? 아냐, 나 씻었어, 아까."

"씻었다고? 아닌 거 같은데…."

"씻었다니까! 에익! 건드리지 마."

늘 이런 패턴이었다. 그래서 할머니를 씻겨드려야 할 때 유독 힘들었다. 할머니는 귀찮아하고 괴로워하셨다. 힘이 없는 할머니를 억지로 화장실로 데려가서 몸을 구석구석 닦아내는 일은 생각보다 쉽지 않았다.

그렇다고 하루라도 씻겨드리지 않을 수는 없다. 할머니는 온몸의 살과 근육이 없어지고 있어 숟가락 들기도 힘들어하셨다. 숟가락에 올린 음식물의 절반은 입으로 가져가기도 전에 몸에 떨어뜨렸다. 계속해서 흐르는 침을 연신 손에 든 휴지와 옷소매로 닦아냈다. 자연스럽게 하루만 지나도 몸에서 안 좋은 냄새가 났다.

어느 날이었다. 밤 11시쯤 컴퓨터를 하고 있는데 방문 앞에서 부스럭거리는 소리가 들렸다. 할머니가 또

안 주무시고 내 방으로 오셨나 보다 하고 문을 열었다. 그런데 방문 앞에 할머니가 옷을 하나도 걸치지 않은 채 서 계셨다.

"할머니! 지금 뭐 해? 옷도 안 입고 여기서 왜 이러고 있어! 놀랐잖아."

"아니, 나 씻고 싶은데, 지금 더운 물이 안 나오는 것 같아."

평소에는 귀찮다고 온갖 핑계를 대며 절대 씻으려 하지 않던 할머니가 이미 두 시간 전에 씻고 잠자리에 누웠음에도 갑자기 일어나서 또 씻겠다고 하셨다. 실오라기 하나 걸치지 않은 할머니를 보고 나는 기겁을 했다. 곧바로 옷을 입혀드렸다. 다행히도 그런 할머니의 모습을 본 건 나뿐이었다.

할머니는 수치심을 잊어버린 걸까? 아들이나 손자가 집에 있다는 사실 자체를 잊어버린 걸까? 아니면 그게 더 이상 중요하지 않은 걸까? 우리 집은 유독 손님들이 많이 찾아오는데, 다른 사람이라도 있었으면 어쩔 뻔했나. 아찔했다.

할머니가 노인장기요양보험 대상자로 선정되었을 때, 나는 국민건강보험공단 지역 지사로 가서 오리엔테이션을 들었다. 담당자는 제도와 이용 방법에 대해 30분간 설명하더니, 중요한 사항 중 하나라며 노인 성범죄에 대해 설명했다. 예를 들어 노인들이 아무것도 모른다고 해서 사람이 많은 곳에서 옷을 벗기거나 기저귀를 가는 행위를 해서는 안 된다는 것이다.

그 이야기를 들으며 '아니, 아무리 그래도 성인이고 어른인데, 저 당연한 걸 왜 저렇게 열심히 설명하지?'라고 생각했다. 그러나 할머니를 돌보며 점점 그 담당자의 말이 이해되었다.

할머니를 보고 있으면 아흔의 어른이 아니라 아이를 보고 있는 느낌이 든다. 더구나 할머니가 하는 행동을 보면 가끔은 '수치심을 잊어버리신 걸까?' 싶을 때도 있다. 상황이 급할 땐 사람이 많은 곳에서 옷을 갈아입히고 기저귀를 가는 일도 충분히 일어날 수 있을 것 같았다.

할머니와 미용실에 간 적이 있다. 10분이 채 되지 않는 거리인데도 차를 타고 가는 동안 할머니는 어딜 가는 거냐며 아이처럼 칭얼거렸다. 미용실에 겨우 도착하자 거동이 불편한 할머니를 부축해 들어갔다. 우리 앞에 한 분이 커트를 하고 있어 기다려야 했다. 할머니는 그 짧은 기다림도 힘들어하셨다.

드디어 차례가 왔다. 같이 간 엄마는 할머니가 미용실에 자주 오기 힘드니, 최대한 짧은 길이로 쳐달라고 사장님에게 말했다. 할머니의 머리를 자르는 동안 두 분은 이런저런 이야기를 나누었다. 사장님의 어머니도 치매에 걸리셨다고 했다.

어머니 이야기를 하던 사장님이 문득 덧붙였다.

"어르신들, 아무것도 모르는 것 같아도 다 아시더라구요. 우리 엄마도 요양병원에 계시는데, 머리를 남자처럼 짧게 커트해놓으면 되게 부끄러워해요. 다 잊어버렸는데 머리 스타일만큼은 신경 쓰시더라고요."

머리카락을 짧게 자르면 싫어하는 그 어르신처럼 나의 할머니도 모든 걸 잊어버린 것은 아니었다.

지난 주말, 여느 날처럼 할머니를
씻겨드리고 잠시 옷가지를 챙기러 욕
실 밖으로 나갔다. 내가 잠깐 없는 사이 오랜만에 집에
온 언니가 도와주려고 욕실에 들어갔다. 그런데 할머니
는 언니가 들어오자 굉장히 불편해하셨다. 할머니의 젖
은 몸을 추스르고 물기를 닦아주려는 언니의 손길을
거절하고 나가라고 소리쳤다.

내가 달려가 할머니 몸에 남은 물기를 닦고 옷을 입
혀드렸다. 할머니에게 언니를 가리키며 물었다.

"할머니, 이 사람 누구야?"

할머니는 유심히 보더니 말했다.

"니 언니 아니야?"

언니는 조금 당황스럽기도, 서운하기도 했는지 할머
니에게 곧바로 대답했다.

"맞아, 할머니. 나도 할머니 손녀딸이잖아. 왜 이렇게
불편해해?"

할머니는 머쓱해하며 웃으셨다.

"그러게. 근데 남 같아, 너는."

할머니는 치매에 걸려 기억이 옅어지는 것을 이렇게 표현했다.

"이제 뭐가 뭔지 잘 모르겠어. 너네들이 옛날 일 물어보면 머리가 아퍼. 물어보지 마. 나도 몰러."

그러나 기억은 컴퓨터에서 파일을 삭제하듯 깔끔하게 지워지지 않는다. 할머니는 모든 걸 다 잊은 것 같아도 때로는 과거의 일을 갑자기 기억해내기도 했다. 심지어 어릴 때 기억도 떠올리셨다.

"옛날에, 아주 옛날 노인네들은 등잔불에 바느질하고 그랬잖어. 우리는 그렇게는 안 했다. 전깃불 들어오고 살았어. 근데 옛날 우리 엄마 아버지는 등잔불을 썼다. 그걸 내가 애기 때 봤다 이거여."

"나는 큰아버지도 있었어. 우리 아버지가 둘째고, 큰아버지 큰엄마도 있었어. 같이 살다가 살림을 나눴던 것 같어. 고모는 하나. 우리 할머니가 딸 하나 아들 둘을 낳았어. 큰아버지랑 우리 아버지, 고모 이렇게 셋."

그렇게 할머니는 한참 전의 이야기를 꺼냈다. 나도 모르는 아주 오래된 기억들을 또렷하게 떠올리셨다.

사회성마저 다 사라진 할머니는 아기가 된 것만 같아서 할머니를 보살피다 보면 나도 자칫 아기 다루듯이 할 때가 있다. 물론 대부분은 아무것도 눈치채지 못하신다. 그러나 어느 날은 문득, 모든 것을 다 알아채곤 하신다.

갑자기 정신이 들면 할머니는 물끄러미 나를 쳐다보신다. 가만히 날 보다가 뿌듯하기도 하고 걱정되기도 하는 표정으로 말씀하신다.

"우리 아가, 이제 다 컸네… 아가, 정신 똑바로 차리고 살아야 한다."

2019년

봄과 여름

이건 얼마니?

어느 날 스마트폰으로 사진을 찍어서 할머니에게 보여드렸다.

"할머니, 내가 할머니 사진 찍었다!"

인물 사진 모드가 탑재된 아이폰을 구매했을 때였다. 아웃포커스를 할 만한 모든 것을 내 카메라에 담았다. 할머니도 예외는 아니었다. 사진이 잘 나와 할머니에게 보여드리자 할머니는 아이폰을 툭툭 치면서 말씀하셨다.

"이거 나 찍은 거니? 이런 거 찍으면 돈 들지 않아?"

"할머니, 이건 돈 안 나와. 그냥 막 찍으면 돼."

2019년 봄과 여름

"그래? 우떻게 그러니? 전기세는 안 나오니?"

"응, 돈 안 들어."

"요새는 깨달아서, 머리를 써서 그렇지?"

할머니는 기술이 발달한 걸 '깨달았다'고 표현하신다.

"우리네는 저런 거 생각도 못 했다. 세월이 빠르기도 하지만 너네가 깨달은 거여, 그지?"

할머니는 스마트폰 화면에 사진이 떠 있는 것 자체로도 비용이 든다고 생각하고 계속 걱정하셨다. 할머니가 가장 많이 하시는 말씀 중 하나가 "이건 얼마니?"다. 할머니에겐 세상에 신기한 것도 아까운 것도 너무 많다. 한평생 돈을 벌었지만 쓰는 것엔 너무나 박한 삶을 살아오셨다.

그런데도 할머니는 "구성맞게 하고 싶은 설 다 하며 다 쓰며 살았다. 그래서 미련이 없다."라고 하신다. 할머니는 어디에 어떻게 그토록 여한 없이 돈을 쓰신 걸까. 문득 할머니가 지금보다 정정하셨을 때가 떠올랐다.

아마 내가 중학생 때일 거다. 할머니는 마을회관에서

출처를 알 수 없는 흰색 돌멩이를 잔뜩 사 오셨다. 그리고 그걸 가족들 소지품에 넣으셨는데, 내 가방과 베개 밑에도 잔뜩 넣어두셨다.

"이거 잘 갖고 있으면, 건강에도 좋고 공부도 잘되고! 돈도 많이 벌 수 있대."

난 잔뜩 짜증을 내며 등교하기 전에 그 돌멩이들을 다 빼서 버렸다. 대체 이런 건 누가 순진한 노인들 속여서 파는 건지 화도 났고 이런 거에 속는 할머니도 답답했다.

고등학교 때였나. 아빠가 심근경색으로 입원한 적이 있다. 돌아가신 할아버지와 같은 병이었다. 할머니는 용하다는 무당을 모셔와 집에서 굿을 했다. 굿값으로 꽤 큰돈이 나갔다.

할머니는 힘들게 번 돈을 그렇게 쓰셨다. 때로는 사기꾼에 속고 때론 미신에 기대며, 자식들의 건강과 안위를 위해 "극성맞게" 쓰고 싶은 만큼 돈을 쓰신 거다.

그럼 할머니는 당신 자신을 위해선 뭘 하셨던 걸까?

"할머니는 살면서 아쉬운 게 하나도 없어?"

"글 못 배운 건 아쉽고 원통하다."

글 이야기만 나오면 할머니는 할 말이 많아진다. 글 배우지 못한 것에 푸념을 늘어놓으시다가 깊은 한숨을 쉰다. 하고 싶은 걸 다 했다는 할머니의 마음속엔 깊은 미련이 남아 있다.

할머니는 여성의 욕망을 인정하지 않는 시대를 살았다. 할머니가 표출할 수 있는 욕망이란 스스로에 대한 것이 아닌 가족들에 대한 욕망이었다. 당시 사회가 여성에게 인정하는 욕망은 '어머니로서의' 욕망뿐이었을 것이다.

지금 내 나이인 스물여섯일 때, 할머니에게도 하고 싶은 일이 참 많았을 것이다. 스물여섯의 그 여자는 무엇을 욕망했고 어떻게 그것들을 꾹꾹 참았을까. 어쩌면 하고 싶어도 할 수 없기에 애초부터 바라지 않았던 건 아닐까.

아무리 그래도 아들이지

"엄마는 어떻게 할머니를 이렇게까지 돌볼 수 있어?"

25년 동안 시어머니와 한집에서 살며, 병 수발까지 직접 다 드는 엄마에게 그 원동력이 무엇인지 존경과 안타까움을 담아 물은 적이 있다.

"너네 할머니는 나 잘해줬어. 뭐라고 한 적도 별로 없고. 그래서 나도 지금 이렇게 할 수 있는 거지."

역시 한집안에서 조용히 공유했던 여자들의 의리, 역사가 있기 때문에 엄마도 이렇게까지 할 수 있는 거겠지. 고개를 끄덕이는데 엄마가 뜻밖의 말을 덧붙였다.

"근데 섭섭했던 게 딱 하나 있어."

"뭔데?"

"아들 못 낳는다고, 어머니가 나한테 밥값도 못 한다고 한마디 했었어. 그게 그렇게 속상하더라." ·

할머니의 남편은 삼대독자였다. 귀한 아들의 아내였지만 아무도 할머니를 귀하게 대하지 않았다. 그 와중에 할머니는 첫째로 딸을 낳았다. 당시 아들을 못 낳은 며느리는 죄인이었다. 그리고 또 딸을 낳았다. 할머니는 그때 집에서 '쫓겨날' 뻔했다고 한다. 다행히 세 번째 자식이 아들이었다.

안타깝게도 아들이 귀한 건 할머니의 자식에게도 이어졌다. 정확히 말하면 '아들'의 '아들'이 귀했다. 할머니의 딸들이 줄줄이 아들을 낳았지만 그건 중요하지 않았다. '아들'이 '아들'을 낳지 못하고 있으니.

할머니의 며느리가 두 딸을 낳았을 때 할머니는 손녀들의 탄생을 순수하게 기뻐하지 못했다. 할머니는 당신께서 아들을 낳지 못해 시집살이를 너무 심하게 당했기에 며느리에게는 스트레스를 주지 않았다고 스스로 말씀하셨다고 한다. 그렇지만 엄마는 스트레스를 받아 원형탈모까지 겪었다고 한다. 몇십 년이 지난 지금까지도 당시의 일은 섭섭함으로 응어리져서 엄마의 마음 한구석에 자리 잡고 있다.

둘째인 나를 낳고 엄마와 아빠는 성별에 상관없이 더는 아이를 낳지 않겠노라 선언했다고 한다. 애초에 하나만 낳겠다고 결심했지만 아들을 바라는 부모님 때문에 하나 더 낳은 것이었다. 할머니와 할아버지는 둘째까지 딸이자 실망했다. 아들을 낳지 못해 집안의 대가 끊길까 봐 두려워했다. 그 두려움은 엄마에게 향했다. 할머니는 엄마에게 아들을 낳지 못하는, 밥값도 못하는 것이라며 처음이자 마지막으로 욕을 했다고 한다. 그리고 집으로 놀러온 엄마의 부모를 붙잡고 "아들을 안 낳는다."고 한탄했다. 그 말을 들은 외할머니와 외할아버지는 엄마에게 마지막으로 한 번만 더 시도해보는 게 어떻냐고 설득했다. 엄마는 그날 밤 울면서 아빠에게 셋째를 가지자고 했다고 한다. 집안 어른들에게 딸은 '실패작'이었다.

2019년 여름호

그렇게 셋째를 가진 엄마와 아빠는 처음으로 성별 검사를 받았다. 딸이면 지우고, 아들이면 낳기로 결심한 것이다. 처음 찾아간 병원에서는 성별을 가르쳐주지 않았다. 고모가 알려준 지방 산부인과에 찾아간 것은 1998년 초겨울이었다.

초조하게 검사 결과를 기다리는 엄마와 아빠에게 의사는 말했다.

"낳으셔도 되겠어요."

그 말 한마디에 내 엄마와 아빠는 얼마나 안도했을까. 어렵게 갖게 된 아들이었다. 내 동생은 XY염색체를 가진 덕분에 태어나도 된다는 당위성을 부여받았고, 세상의 빛을 볼 수 있었다.

내 엄마도 할머니처럼 세 번째 자식으로 아들을 낳았다. '아들을 낳지 못하는 죄인 며느리'라는 오명은 첫째 아이를 낳고 8년이 지난 후에야 벗어던질 수 있었다. 엄마는 아이를 좋아하지 않아서 딱 한 명만 낳아서 기르려고 했다는데 '어쩌다 보니' 삼남매의 엄마가 되었다.

이렇게 태어난 '딸딸아들'의 둘째 딸로 살다 보면 자연스럽게 '아들' 소리가 지겨워진다.

할아버지는 어렸을 적 나에게 "너가 성격이 남자 같아서 동생이 남동생인가 보다."라는 말을 종종 했다. 지금 생각해보면 과학적 근거도 없는 허무맹랑한 옛날 어른들의 말이지만 어렸던 나는 어리둥절했다. '남자 같은 성격은 뭐지? 내 성격이 왜 남동생의 성별을 정하는 거지? 나는 남동생을 위한 존재가 아닌데.' 당황한 나에게 할아버지는 덧붙였다. "너가 남자였으면 니 동생까지는 안 낳았을 텐데."

내가 뭔가 잘못한 걸까? 내가 여자로 태어난 게 잘못된 걸까? 내 존재가 잘못되어서 하나 더 낳은 걸까? 대체 왜 나한테 그런 말을 하는 걸까? 궁금증은 끊임없이 생겨났지만 아무에게도 물어보지 못했다.

어린 나에게 너무나 당연하게 반복되어서 상처가 되는지도 몰랐던 말들이었다. 그러나 20년이 지난 지금 아직도 기억하는 것을 보면 그런 말들이 꽤나 깊숙이 박힌 모양이다.

가장 서럽고 속상했던 건 집안의 중요한 일에서 자연스럽게 배제될 때, 어른들이 무의식중에 떠날 사람과 남아 있을 사람을 가를 때, 특히 자식으로서 기대되는 의무와 책임의 차이를 확인할 때였다.

삼촌의 49제를 지내는 날이었다. 나는 방학이라서 그날 집에 있었고, 당연히 따라나서려고 했다. 그런데 아빠가 말했다.

"가고 싶으면 가고, 가고 싶지 않으면 가지 마."

나는 그래도 어떻게 안 가냐며 따라나섰다. 고등학생이던 내 남동생은 조퇴까지 시켜 데려갔다.

어릴 때부터 모든 제사에 없어도 있어도 상관없는 사람 취급을 받아왔다. 난 제사에 노동력을 제공하는 사람으로 필요할 뿐, 제사를 모시는 주체가 될 수는 없었다. 도대체 나는 무슨 의무를 다해야 하는 거지? 그런 생각이 들 즈음부터 집에서 하는 제사에 슬슬 참여하지 않기 시작했다. 별로 하고 싶지 않았다. 엄마와 아빠는 '돕지 않는 나'를 보며 실망한 기색을 감추지 않았다. 엄마에게 미안했고, 제사 준비를 돕지 않는 것이 잘못이라고 생각하긴 했지만 이상하게 죄책감이 없었다.

　동생이 기숙사에 있을 때 할머니는 자주 내 방으로 와 동생을 찾으셨다.

　"니 동생 안 온다고 기별 왔나?"

　"응, 안 온대. 공부하러 학교 갔어."

　"하이고… 오늘 안 온대? 아휴… 아들이 하나밖에 없어서… 아들 하나가 더 있어야 하는데…."

　남동생의 부재를 확인하고 할머니는 조용히 중얼거리셨다. 그 중얼거림을 들은 나는 할머니에게 소리쳤다.

　"아, 아들 좀 그만 찾아. 그놈의 아들! 지금 할머니 수발 다 드는 거 누군데? 아빠가 손 하나 까딱해? 아니잖아. 나랑 엄마잖아. 할머니 손녀딸이랑 며느리가 할머니 때문에 온갖 고생이란 고생은 다 하는데? 아들, 아들, 좀 그만해!"

　"뭐? 아들 그만 찾으라고?"

　귀가 어두운 할머니는 내 표정과 목소리, 알아들은

2019년 청봄 어른들

단어 몇 개와 입 모양으로 추측해서 되물었다. 내가 대답을 안 하자 이어서 말씀하셨다.

"아무리 그래도 아들이지. 부려 먹기에는 딸이 낫다, 이거지."

그 말을 듣고 지금까지 쌓인 분노와 섭섭함이 뒤섞여 할머니에게 소리를 꽥 질렀다.

"아, 제발 그만 좀 해! 할머니 내 방에서 나가!"

화가 난 내 모습이 낯선 할머니는 멋쩍은 듯 웃으며 나가셨다. 그리고 30분 뒤에 내 방으로 다시 찾아오셔서 말씀하셨다.

"니 동생 안 온다고 기별 왔니?"

할머니는 평생 가부장제에 귀속되어 살아왔다. 기억의 뿌리에 굳게 자리한 '아들이 집안의 중심'이라는 신앙은 치매로도 지울 수 없었다. 할머니가 살아온 시대와 인생을 충분히 이해하지만, 당장 나를 대하는 모습에 섭섭함과 속상함을 감출 수 없었다.

시어머니이기 전에 며느리였고, 며느리이기 전에 딸

이었던 할머니는 분명 더 독하고 잔인한 차별을 겪었을 것이다. 그 차별은 섭섭함과 속상함으로만 끝나진 않았을 것이다. 그런데 왜 사랑하는 자식들에게 다시 그 서러움을 물려주려고 하는 걸까.

취업을 준비하며 집에서 할머니와 많은 시간을 보낼 때였다. 할머니는 가끔 그런 나를 보며 말씀하셨다.

"맨날 이렇게 할미랑 집구석에 있어? 어여 돈 벌어서 시집가야지. 너 시집갈 거는 있어? 맨날 그렇게 집에서 놀아서 어째."

"할머니, 나 결혼 안 해."

"뭐? 왜! 결혼을 안 해? 말 같지도 않은 소리를 하고 있어."

할머니는 결혼을 안 한다는 말을 듣자마자 성을 내셨다. 나는 귀가 잘 들리지 않는 할머니가 제대로 알아들을 수 있도록 더 또박또박 말했다.

"할머니, 요새 결혼 안 하고 혼자 사는 사람들 많아."

"혼자 사는 사람들이 많아? 그래도 해야지."

"할머니도 결혼해서 엄청 힘들었다며."

"그렇지, 나는 시집살이 엄청 당했다!"

"거봐, 할머니는 내가 그랬으면 좋겠어? 그래서 나는 결혼 안 할 거야."

"아니, 그래도 가야 해. 안 가는 게 어딨어."

"요새는 다들 혼자 잘 살아! 내가 벌어서 내가 쓰고, 그렇게 혼자 살아."

할머니를 설득할 수 있다고 생각하진 않았지만 괜히 이 대화에서 지고 싶지 않았다. 계속되는 내 고집에 할머니는 격양되어 말씀하셨다.

"밥해 먹고 빨래하고, 허둥지둥 살면서 새끼 하나나 둘은 낳아서 길러야 해. 죽을 때를 생각해야 하는 겨. 그래도 새끼밖에 없어! 집 장만 어여 하고 살아! 그런 말 하지 말고."

"싫어, 결혼 안 해."

"혼자 끝끝내 살면 죽을 때 고생이고 안 돼. 끝을 생각해야지. 여자는 자식을 둬야지. 자식 아니면 아무것도 아니다. 시방 내가 니 애비 없어봐라! 어떻게 하나.

우떻게 살어! 어디서 얻어먹어. 너들한테 얻어먹으려면 눈치 보이고 가시 먹는 거 같고. 그래도 아들 있으니까 얻어먹는 것도 가시 먹는 것 같진 않지."

할머니는 딸들이 무사히 결혼을 하고 아들을 낳아야 '가시 먹는 것 같은' 기분을 느끼지 않을 수 있다고 믿었다. 남성을 중심으로 가족을 이루고, 그 안에 귀속되는 것이 할머니 시대 여자가 할 수 있는 가장 안전한 선택이었다. 할머니는 그런 세상에서 자랐다. 그런 삶이 정답이 아니라는 사실을 아무도 가르쳐주지 않았다. 할머니는 배우지 못했고, 당신의 상황을 객관화하여 볼 수 있는 시선도 갖지 못했다.

할머니가 며느리와 손녀에게 알려주려고 한 것은 딸로서, 며느리로서 겪은 서러움이 아니었다. 살아남을 수 있는 방법이었다. 할머니는 당신만의 방식과 언어로 딸과 며느리와 손녀의 안위를 걱정한 것이다.

할머니가 살아왔던 시대와 당시 보편적으로 깔려 있던 생각들은 분명 틀렸다. 하지만 그 잘못된 생각 안에 담긴 할머니의 마음까지 외면할 수는 없었다.

몸을 잃어가는 할머니

할머니의 하루 일과라고는 텔레비전을 보는 것뿐이다. 할머니는 지루해 보였다. 대화를 하고 싶었지만 종일 붙어 있으면 할 말이 많지 않다. 미주알고주알 하루 일과를 이야기하고 싶어도 별말 없이 있는 날이 더 많았다. 옛이야기를 들려달라고 하면 할머니는 뭐 그런 이야기를 듣고 싶냐며 점점 더 귀찮아했다.

하루는 멍하니 텔레비전을 보는 할머니에게 장난을 쳤다. 텔레비전을 보고 있는 할머니의 등을 툭툭 치고 숨었다. 뻔한 장난이었다. 할머니는 등 뒤에서 누가 치는 느낌이 들자 뒤돌아보았고 아무도 없자 놀란 듯 두

리번거렸다. 그때 벽 뒤에 숨어 있던 내가 등장했다.

"할머니, 나지롱!"

나는 괜히 잔망 떨며 할머니 앞에서 애교를 부렸다. 놀란 할머니는 그제야 활짝 웃으셨다.

"아이고, 우리 애기여? 깜짝 놀랐다, 애."

아무도 없는 등 뒤를 보는 어리둥절한 표정도 재미있었고, 나의 소소한 장난에 웃는 할머니를 보는 게 좋았다. 그래서 그 뒤로도 같은 장난을 반복했다.

그날도 마찬가지였다. 텔레비전을 보고 있는 할머니에게 다가갔고, 할머니 등 뒤에서 툭툭 치고 숨었다 곧 등장했다. 그러나 그날은 할머니가 웃지 않고 화를 내셨다.

"아픈 사람한테 그러는 거 아니야!"

순간 너무나 부끄러웠고, 마음이 아팠다. 나는 왜 할머니의 어리둥절함이 두려움이라고 생각하지 못했을까? 할머니가 손녀딸을 보고는 안심하며 웃는 표정이 재미있다고 같은 장난을 반복했다. 이전처럼 몸을 움직이지 못하는 할머니가 느낄 공포는 생각하지 못한 것이었다. 게다가 할머니는 잘 듣지 못했다. 들리지 않는 귀, 움직이기 힘든 몸이 아흔의 할머니에게는 얼마나 무방비하게 느껴졌을까.

귀가 잘 들리지 않기 시작했을 무렵, 할머니는 겨우 20대 후반이었다. 다락방에서 떨어져 귀를 다쳤다고 한다. 당시 의사는 30대가 지나가면서 서서히 소리가 들리지 않을 거라 말했고, 할머니는 젊은 시절부터 보청기를 꼈다. 할머니의 친구들도 나이 들며 말을 잘 못 알아듣게 되자 그때부터는 보청기를 끼지 않았다고 한다. 가끔 할머니는 신경질적으로 귀를 후볐다.

"아아, 귀에서 소리가 나! 웽웽 소리가 나고, 꽹과리 소리도 나고, 귀뚜라미가 찌르르 우는 소리가 나고. 아주 갖은 소리가 다 난다! 너네는 어려서 몰라. 아주 미치겠어."

할머니는 귓구멍 속에 벌레라도 들어간 것처럼 후벼 댔다. 아예 들리지 않는 것은 아니었지만 큰 소리로 말을 해야 겨우 대화가 되는 정도였다.

어쩌면 잘 듣지 못했기에 내 할머니는 그토록 농사만 지었는지도 모르겠다. 그렇게 할머니는 말을 삼키고 몸을 움직였다.

들리지 않고 배우지 못해 글을 읽지도 쓰지도 못하는 내 할머니가 할 수 있는 것은 아주 가끔 찾아오는 동네 어른들과 이야기하는 것, 지팡이를 짚고 손녀딸의 부축을 받으며 위태롭게 동네를 한 바퀴 도는 것, 그리고 텔레비전을 보는 것이었다. 할머니는 텔레비전을 '본다'. 들리지 않기 때문에 그저 보기만 하신다.

할머니가 가장 좋아하는 프로그램은 「동물의 왕국」이다. 할머니는 9번 채널에서 「동물의 왕국」을 하면 꽤 집중해서 보셨다. 어느 날은 곰이 나와서 사냥하는 것을 빤히 보시더니 웃으며 말씀하셨다.

"이재야, 요새는 테레비에 별게 다 나온다!"

할머니는 잘 들리지 않아 화면만 보고 내용을 이해해야 한다. 글을 몰라 자막을 읽을 수도 없다. 그래서 그나마 보기만 해도 내용을 이해할 수 있는 「동물의 왕국」을 좋아하셨다. 하지만 「동물의 왕국」은 하루 종일 텔레비전에 나오지 않는다. 할머니를 찾아오는 동네 어르신들도 할머니 연배이기 때문에 자주 오지 못하신다. 할머니는 너무 오래 살아 부끄럽고 창피하다는 이유로 이제 동네 마실 나가는 것조차 싫어하신다. 그렇게 할머니는 텔레비전 앞에 방치되었다.

몸으로 땅을 일구고 살림을 돌보고 자식들을 낳아 기른 할머니. 몸으로 채워진 할머니의 삶은 그 몸이 생명력을 다하자 서서히 비워졌다. 들리지 않는 귀를 두 손 두 발로 채워가며 살아온 할머니는 이제 그 손발마저 잃으며 집 한구석에 놓였다.

앉으나 서나 밥걱정

어릴 때 학교에 다녀오면 고픈 배를 움켜잡고 부엌으로 달려가곤 했다. 냄비에 뭐가 있나 열어보면 보자마자 누가 한 음식인지 단번에 알 수 있었다.

할머니가 해준 반찬들은 투박했다. 먹음직스러운 모양새도 아니었고 재료도 알 수 없는 경우가 많았다. 혹은 냉장고 속 온갖 재료가 다 들어간 것 같기도 했다. 가끔은 음식에서 이상한 냄새도 났다. 괜찮아 보여서 먹으면 맛이 이상했다. 너무 짜거나 싱거웠다.

"저녁 먹었니?"

할머니는 나와 나의 형제들만 보면 늘 밥 먹었냐고

물어보셨다. 전에는 그게 너무 귀찮았다. 안 먹었는데 할머니가 맛없는 반찬으로 차려주실까 봐 먹었다고 거짓말도 했다. 그러고는 라면을 사 와서 끓여 먹었다. 할머니는 그런 나를 보고 밥을 먹지 왜 몸에 좋지도 않은 라면을 먹냐고 타박하셨다.

"엄마, 할머니가 해놓은 국 너무 짜서 못 먹겠어."

"할머니가 나이 들어서 그래. 예전엔 안 그랬어."

할머니는 내가 태어났을 때부터 할머니였다. 나이가 들면 후각과 미각이 함께 노화된다는 사실을 그때 알게 되었다.

내가 가스레인지 불도 켜지 못할 정도로 어렸을 때는 엄마가 집에 없으면 할머니가 밥을 챙겨줬다. 누워서 만화를 보고 있으면 할머니는 국과 밥, 물을 쟁반에 담아 텔레비전 앞에서 먹을 수 있게 가져다주곤 했다. 가스레인지를 다룰 줄 아는 나이가 되었을 때부터는 나이 드신 할머니가 해준 음식들이 맛없게 느껴졌다.

시간이 더 지날수록 엄마도 할머니가 요리하는 걸 반기지 않았다.

"어머니, 요리하지 마. 그냥 주는 거 드셔. 애들도 알아서 찾아 먹으니까 챙겨주지 말고요. 설거지도 제대로 못 하잖아."

"움직일 수 있는데 왜 못 하게 하니? 내가 먹을 테니까 걱정하지 마라."

그 무렵엔 할머니가 설거지를 하면 엄마는 그릇을 다시 씻었다. 비누 거품이 그대로 있거나 음식물이 그릇에 묻어 있었기 때문이다. 나와 내 형제들은 찐 옥수수를 제외하고는 할머니가 해준 음식을 거의 먹지 않았다.

그 뒤로도 10여 년이 지났다. 이제 할머니가 부엌에 들어가면 불안해지기부터 한다. 당신도 모르게 힘이 쭉 빠져 뜨거운 냄비를 놓치지 않을까, 가스레인지의 불을 끄는 것을 잊어버리진 않을까, 우리는 불안해했다.

가스레인지는 인덕션으로 바뀌었다. 혹시라도 할머니가 사용법을 몰라서 뜨거운 판에 손을 올릴까 봐 외출 전에 늘 인덕션을 잠그고 나왔다.

이제 더 이상 할머니의 맛없는 반찬도, 거품 묻은 그

릇도, 가스레인지 사고도 걱정할 필요가 없다. 냉동실에 오랜 시간 얼어붙어 있던 정체를 알 수 없는 음식 재료도 없다. 깔끔해진 부엌에는 할머니의 흔적이 없다.

만화에 빠져 꼼짝도 않고 텔레비전 앞에 있던 나에게 밥을 차려주셨던 할머니. 20년이 지난 지금은 반대로 내가 텔레비전 속 그림만 쳐다보고 있는 할머니에게 밥을 차려드린다. 할머니는 부엌에 들어오시기는커녕, 걷거나 서 있기도 어려워하신다. 게다가 식사를 해야 한다는 것도 식사를 이미 했다는 것도 종종 잊어버린다.

하루는 아침 6시에 할머니가 내 방으로 기어 오셨다.

"이재야, 나 밥 좀 다오."

새벽에 잠자리에 든 나는 간신히 눈을 뜨고 할머니 밥을 차려드린 뒤 다시 잠들었다.

9시. 할머니가 나를 다시 깨웠다.

"이재야, 나 밥 좀 다오."

"할머니, 아까 밥 먹었잖아."

"아니, 안 먹었는지 먹었는지 모르고 배고프다, 얘."

배고프다는 할머니를 그냥 둘 수 없어 또 밥을 차려드렸다. 11시에 할머니는 다시 내 방으로 오셨다.

"밥 좀 줘."

"할머니, 밥 먹었잖아!"

"나 안 먹었어, 아침!"

할머니는 나에게 성을 내기 시작하셨다. 밥을 또 드려도 되는 건가, 너무 많이 드시는 것이 걱정되어 이번에는 그냥 드릴 수가 없었다.

"아니, 할머니 벌써 두 끼 먹었다니까?"

"너 배 안 고프니? 일어나면 같이 밥 먹자고 하려고 했는데 일어나질 않아."

"할머니, 밥 먹었잖아."

"내가 밥을 먹었다고? 안 먹었어! 내가 먹었으면 먹었다고 하지 왜 안 먹었다고 해?"

"아니… 그러니까… 왜 안 먹었다고 하는 거야, 대체."

"야! 일어나라, 얼른!"

새벽에야 겨우 잠든 나는 일찍부터 할머니가 깨우는

통에 제대로 자지 못했다. 11시가 되었는데도 눈을 뜨기 힘들었다. 게다가 또 밥이라니. 양을 적게 드리지도 않았기에 더 드리는 게 걱정되었다. 나는 할머니가 내 옆에 있는 것을 알면서도 계속 눈을 감고 있었다.

"할머니, 밥 먹었잖아… 두 번."

"아침을 내가 먹었다고? 언제? 누가 줬어?"

"나! 내가 밥 줬잖아!"

할머니와 나는 이제 서로 소리 지르기 시작했다. 밥을 줄 수 없는 나와 밥 달라는 할머니. 이 상황을 누가 본다면 나를 참 사람 같지 않다 여길 것이다.

"니가 줬어? 나 배고파 죽겠어!"

"할머니 밥 없어. 밥해야 해."

나는 거짓말을 하기 시작했다.

"그럼 해! 얼른 일어나 해!"

"지금 밥하고 있어."

"시방 해여?"

"응, 하고 있어. 기다려야 해."

"니가 안쳤어? 다 되면 내가 퍼 먹으리?"

"응, 하고 있어요. 다 되면 내가 갖다드릴게."

밥을 하고 있다고 하자 할머니는 조금 진정이 되었다.

"하고 있어? 더 있어야 해여? 그럼 조금 있다가 내줘.
나 지금 밥 먹고 싶어서 죽겠다. 할미는 밥만 많이 먹고
일만 죽었다고 한 사람이라 못 참는다 배고픈걸."

할머니는 아랫니 여섯 개만 남아 제대로 씹지도 못
하신다. 그래서 엄마는 늘 죽을 쒀놓거나 국을 끓여놓
고 나갔다. 고모들은 집에 할머니를 보러 올 때마다 죽
을 사 왔다. 잔뜩 쌓아놓은 죽을 하나씩 꺼내 데워드리
거나 국이 있으면 밥을 말아서 드렸다. 가끔 아무것도
없을 때는 집 앞에 있는 추어탕 가게에서 추어탕을 포
장해 왔다.

할머니는 어떤 음식을 해드리던 투정하시는 법이 없
었다. 일단 입에 넣는다. 입에 넣는 것이 무엇인지 알고
는 계시나 의문이 들 정도로 급하게 드신다. 숟가락으
로 한 술 뜬 뒤 입에 넣고 우물우물 한 번 하시고 그냥
삼켜버린다. 맛이 있든 없든, 짜든 싱겁든 신경 쓰지 않

는다. 씹지도 못하고 급하게 드시는 할머니가 체할까 싶어 가위로 국 건더기를 잘게 잘라드리면 그릇의 바닥이 보일 때까지 싹싹 긁어 드셨다. 절대 밥을 남기지 않으셨다. 많이 드리든 적게 드리든 마찬가지였다.

가끔 할머니는 밥을 드시다 말고 벌러덩 누워버리기도 했다. 숟가락 들 힘조차 없을 만큼 지치셨을 때다. 혼자 밥을 드시면 절반은 옷과 바닥에 흘리신다. 휴지로 간이 턱받이를 만들어드리면 좀 낫긴 하지만 그래도 밥을 드시고 나면 자리를 청소해야 한다. 그래서 종종 내가 숟가락으로 떠서 입에 넣어드린다. 그렇게 하면 대부분 드시지만, 가끔은 입에 넣어드린 것을 삼키지조차 못 하신다.

할머니가 그럴 때마다 노인이 갑자기 밥을 먹지 못하면 곧 돌아가신다는 어른들의 말이 생각나 심장이 덜컥하곤 한다. 이럴 때는 오히려 밥을 하루에 네 끼, 다섯 끼 찾으시던 때가 그립기도 하다. 그리고 다음 날 다시 평소처럼 식사하시는 모습을 보면 안도한다.

이런 내 마음을 아는지 모르는지 할머니는 나만 보

면 내 밥의 안부를 물으신다.

"할머니, 나 나갔다 올게요."

"밥 먹었어? 밥 먹고 나가는 거?"

가족들 얼굴만 보면 항상 물으셨다.

"너네 저녁 먹었니?"

"밥 먹었니? 반찬이랑 해서 먹었어? 할미가 몸에 힘이 없어 못 해줘. 너네가 챙겨 먹어."

"밥 있니? 반찬은 있어? 엄마가 해놓고 나갔어?"

"우리 아가 시장하지 않아?"

평생 가족들 밥을 먹이기 위해 사셨고, 밥을 먹기 위해 열심히 일해온 할머니에게 밥이란 뭘까. 당신 손으로 자식들을 먹이다가 이제는 자식들 손에 겨우 받아서 먹는 밥. 몸도 제대로 가누지 못하고, 맛도 느끼지 못해 그저 살기 위해 밥알을 삼키면서도 할머니는 손녀딸의 밥을 20년 전이나 지금이나 항상 궁금해하신다.

내가 그런 할머니를 위해 할 수 있는 일이란 밥을 먹었다고 대답하는 것뿐이다. 이제는 할머니의 밥을 먹기 싫어서 하는 거짓말은 아니지만.

마지막까지 남는 이름

"내가 아버지 핸드폰에서 뭘 봤는지 알아?"

외가댁에 갔을 때였다. 엄마의 남동생, 즉 나의 외삼촌은 외할아버지의 낡은 폴더폰을 꺼내며 흥미로우면서도 씁쓸한 표정으로 말씀하셨다.

"우연히 봤는데, 아버지 핸드폰에 저장되어 있는 사람 수가 딱 여덟 명이야."

삼촌 말처럼 할아버지 핸드폰 액정 상단에는 크게 "주소록 8"이라는 글자가 보였다. 저장된 이름을 다 보는 데 별로 시간이 걸리지 않았다. 큰아들, 작은아들, 큰딸, 막내딸, 작은사위, 며느리, 큰손자… 여덟 명은 모두 할아버지의 직계가족이었다.

"80년을 넘게 살았는데, 결국 마지막에 전화번호부에 저장된 사람은 딱 가족들뿐인 거야. 참… 인생이 뭔지."

외할아버지는 30년 넘게 직장생활을 하셨고, 은퇴 이후에도 힘이 남아 있을 때는 할 수 있는 일들을 하며 시간을 보내셨다. 그마저도 하기 힘들어지자 경로당에 나가서 또래 어르신들과 담소를 나누고 춤을 배우고 화투도 치며 시간을 보내셨다. 잘 지내는지가 아닌 살아 있는지를 확인하는 것이 안부 인사가 된 지금, 외할아버지의 전화번호부에는 가족들만 남아 있다.

할머니는 핸드폰을 사용하지 않는다. 내가 초등학생 때는 할머니도 나와 같은 폴더폰을 갖고 계셨는데 내가 스마트폰을 사용할 즈음엔 더 이상 전화기를 사용하지 않으셨다. 할머니는 오롯이 기억에만 사람들의 이름을 저장하고 있었다. 그러나 야속하게도 치매라는 병은 그 기억 속의 이름마저 하나씩 삭제해나갔다.

"할머니, 할머니도 엄마랑 아빠 있었잖아. 기억나?"

어느 날 나는 언제 돌아가셨는지도 모르는, 할머니의 부모님에 대해 물었다.

"기억나지."

"할머니 엄마랑 아빠는 이름이 뭐였어?"

나는 단 한 번도 할머니의 부모님에 대해 들어본 적이 없었다. 할머니의 기억이 더 사라지기 전에 내가 모르는 할머니의 가족들에 대해 듣고 싶었다. 그러나 예상하지 못한 대답이 나왔다.

"뭐더라? 내 엄마랑 아빠 이름이 기억 안 나."

시간이 흐를수록 할머니 머릿속 기억저장장치의 공간은 점점 더 줄어들었다.

"할머니, 나 누구야?"

"너, 둘째 손녀딸."

"이름은 뭔데?"

"이름? …몰러."

할머니는 이제 내 이름까지 자꾸 잊어버리신다. 그래도 손주들 중 내 이름을 가장 오래 기억해주셨다. 할머니가 치매 초기였을 때 둘째 고모는 무척 섭섭한 듯 말했다.

"아니, 엄마는 아들내미 자식들은 다 알아보는데 내 딸은 이름도 몰라."

나보다 열두 살이나 많은 고모의 첫째 딸은 할머니가 처음으로 본 손녀딸이었다. 할머니는 고모가 딸이 있었다는 사실도 잊어버린 듯했다. 고모의 딸이 할머니를 보러 우리 집에 온 적이 없으니 어쩌면 당연한 일이기도 하다.

얼굴을 많이 보고 같이 살았던 세월이 길다고 해서 이름을 기억하는 것도 아니었다.

"할머니, 저기 있는 사람은 누구야?"

어느 날 나는 엄마를 가리키며 물었다.

"에미지."

"에미? 할머니 엄마 이름이 뭔지 알아?"

"…몰러."

할머니는 엄마의 이름을 부른 적이 단 한 번도 없었다. 함께 살았던 세월이 25년인데, 내가 기억하는 20년 동안 할머니가 엄마의 이름을 부르는 것을 한 번도 들어본 적이 없다. 늘 '에미'였다. 부르지 않으면 잊어버리는지 할머니는 엄마의 이름을 잊고 '에미'라는 단어만 기억하셨다. 거동도 못 하고, 대소변도 홀로 해결하지 못하는 할머니의 곁에 가장 가까이 있는 엄마인데 이름조차 기억하지 못했다.

할머니가 가장 오래 기억하는 이름은 따로 있었다.

"할머니, 나 누구야?"

"너, 정희 아니여."

정희는 막내고모 이름이다.

"아닌데. 할머니, 나 할머니 딸 아니고 손녀딸이야."

"뭐? 니가 정희지 누구여?"

할머니는 진실을 거부하고 역정을 내시기 시작했다.

"아니, 나 할머니 아들의 딸이라고! 정희 아니고, 정희 오빠 진범이 딸이라고."

"뭐? 미친년, 지랄하네. 니가 왜 진범이 딸이야!"

할머니는 절대 손주 앞에서 욕을 하거나 화를 내는

법이 없으셨는데 처음으로 욕을 할 정도로 답답해했다.

　할머니는 모든 걸 잊어버린 뒤에도 자식들을, 그들의
이름을 가장 마지막까지 기억하고 계셨다.

　할머니의 길고 긴 인생에는 수많은 사람들이 머무르
다 갔을 것이다. 어릴 적 친구들, 동네 사람들, 일하다
만났던 사람들, 부모님, 형제 친척들, 남편, 자식, 자식의
자식까지….

　그러나 할머니에게 그 존재들은 점점 사라지고 딱
두 손으로 셀 수 있을 만큼의 사람들만 남았다. 그리고
기억과 함께 그리움도 추억도 희미해져갔다.

외할머니

어느 날 퇴근해 집에 가니 엄마의 얼굴이 안 좋았다. 외할머니가 갑자기 편찮으시다고 했다.

외할머니는 10년 전 간암 판정을 받으셨다. 당시 의사는 오래 살아야 3년이라고 했다고 한다. 그러나 이모와 작은외삼촌의 극진한 간병과 당신의 강인한 의지로 병을 이겨내셨다. 외할머니는 의사가 말한 3년보다 7년을 더 살고 계셨다. 의사는 기적이라고 말했다. 오랜만에 뵈었던 외할머니는 한창 항암치료를 할 때보다 혈색이 좋았고 살도 올라 있었다. 그랬는데 갑자기 외할머니의 병세가 악화되었다고 했다.

엄마는 사남매 중 둘째로 태어났다. 강원도에서 태어나 경상도에서 학창 시절을 보냈고, 결혼을 한 뒤로 아빠의 고향에서 살아왔다. 이제 엄마는 엄마의 부모와 함께했던 시간보다 아빠의 부모와 산 시간이 더 길다.

외가댁은 멀다는 이유로 자주 가지 못했다. 겨우 일 년에 한두 번, 여름휴가 때 놀러 가는 것이 전부였다. 어릴 때는 외가댁에 자주 가지 못하는 것을 이상하다고 여기지 않았다. 엄마도 엄마의 부모가 보고 싶을 거라는 생각을 못 했다. 그저 바다가 있는 동해로 놀러 가는 것이 좋았고, 가면 맛있는 해산물을 많이 먹을 수 있어서 좋았다. 엄마는 그리움을 묻고 사는 것이 당연한 줄 알았다.

"이재야, 여름에 엄마랑 휴가 맞춰서 쓸까? 외할머니랑 이모랑 가까운 데 여행 가려고 하는데 너가 같이 좀 가줘. 영상 좀 많이 찍어줘. 우리 엄마랑 찍은 게 너무 없네."

나는 평소에 친할머니 영상을 많이 촬영했는데, 엄마와 아빠도 종종 영상에 담아 핸드폰으로 간단하게

편집해드렸다. 별거 아닌데, 엄마는 그 영상이 참 좋았는지 몇 번이고 계속해서 돌려 보았다.

어쩌면 마지막이 될지도 모르는 여행. 그 여행에서 나는 외할머니와 할머니의 딸들에게 마지막 추억을 만들어드리기 위해 기꺼이 짐꾼이자 카메라맨을 자처했다. 그리고 여행 계획을 세웠다.

여행은 결국 가지 못했다.

회사에서 일하고 있는데 언니에게 전화가 왔다. 외할머니가 간성혼수라고, 가족들 모두 강원도로 간다고 했다. 당장 회사에서 나갈 수 없던 나는 주말에 가기로 했다. 하지만 할머니는 주말까지 기다려주시지 않았다. 덥지도 춥지도 않은 따뜻했던 초여름 어느 날 영원히 잠드셨다.

외할머니는 돌아가시기 전 "윤 씨 둘을 못 봤다."고 하셨단다. 할머니의 손주 중 윤 씨는 나를 포함한 우리 삼형제 밖에 없었으니, 아마 나와 군대 간 내 동생을 의미했을 것이다. 외할머니와 나눈 추억은 그리 많지 않지만 구수하고 따뜻한 강원도 사투리로 나를 맞이해 주셨던 기억이 선명하다. 할머니가 어딘가에 살아 계신다는 사실만으로도 위안이 되었다는 걸 뒤늦게 알았다. 그리고 어머니가 돌아가셨다는 슬픔과 자식으로서 역할을 다하지 못했다는 죄책감을 끌어안은 채 퉁퉁 부은 눈으로 애써 괜찮은 척하는 엄마를 보는 것이 힘들었다. 엄마는 며느리로서 최선을 다했으나 딸로 살지는 못했다. 그게 엄마 평생의 후회였고, 그 후회를 옆에서 지켜보기가 안타까웠다.

늦은 밤, 돌아가신 외할머니의 장례식이 시작되었다. 서울에 있던 나는 본가에 들러 가족들의 짐을 챙기고 장례식장으로 갔다. 옷을 갈아입고, 입관식을 보고, 리본을 달고, 육개장을 먹었다. 오랜만에 본 이모 외삼촌들과 짧은 대화를 나눴다. 외삼촌들과 남자 사촌들은 분향실에서 손님이 올 때마다 인사를 했다. 내 역할은 부의금 받는 곳에 앉아 인사를 하고 가끔 정신없이 어질러진 신발장을 정리하는 것이었다.

평생 독실한 불교 신자로 사셨던 할머니의 뜻에 따라 장례는 불교식으로 치렀다. 그 장례식에서 내 엄마와 이모는 할머니에게 단 한 잔의 술도 올리지 못했다. 장남과 장남의 아들을 중심으로 진행되는 장례식에서 딸은 철저하게 뒤로 밀렸다. 심지어 엄마와 이모는 사위인 내 아빠와 이모부의 뒤에서 절을 올려야 했고, 며느리보다도 먼 자리에 섰다. 장례지도사가 그렇게 하도록 지도했다.

조문객이 왔을 때도 마찬가지였다. 엄마는 엄마의 지인이 장례식에 와서 조문을 드리는 동안에도 상주 자리에 있지 못했다. 조문객이 절을 할 때도 매트가 없는 구석의 차가운 맨바닥에 서서 고개만 숙여 인사를 드렸다. 엄마도, 이모도, 외숙모도 마찬가지였다.

그 모습을 속상해하는 건 나뿐이었다. 엄마와 이모에게 외삼촌 옆에서 같이 절하고 인사드리라고 했지만 엄마도 이모도 외숙모들도 알았다고 할 뿐이었다. 내가 할 수 있는 일은 그저 음식을 나르는 엄마의 쟁반을 뺏어 들고 대신 서빙을 하는 것뿐이었다.

외할머니의 손주들 중에 언니와 나만 여자였다. 열 댓 명이 되는 남자 사촌들은 이모와 외숙모의 모습이 속상하지 않았던 걸까. 아니면 알면서도 아무 말하지 않은 걸까. 나는 답답했지만 끝까지 아무것도 하지 못했다. 견고하고 단단하게 쌓아 올린 남성 중심의 장례 의식에 내가 할 수 있는 것은 없었다. 할머니의 죽음에 대한 슬픔과는 별개로 장례식 내내 화가 났지만 동시에 무기력했다.

마지막 제사를 드릴 차례가 되었다. 화장터에서 화장하기 전 마지막으로 드리는 인사였다. 제사 순서는 동일했다. 장남을 시작으로 아들들이 한 명씩 앞으로 나가 절을 했다. 마지막까지 엄마와 이모는 단 한 잔의 술도, 제대로 된 인사도 올리지 못했다.

화장이 시작되었다. 그 마지막 순간, 절 순서 때문에 뒤에 있던 엄마와 이모는 약속이나 한 듯 앞으로 가서 외할머니의 마지막 모습을 눈에 담으려 했다. 그러나 키 큰 사촌들과 외삼촌 사이를 비집고 앞으로 나아갈 수는 없었다.

장례식 내내 먼발치에 있을 수밖에 없었던 엄마와 이모는 떠나가는 외할머니의 마지막 모습을 필사적으로 눈에 담으려 했다. 그 모습을 뒤에서 모두 지켜봤던 사람은 나뿐이었다. 나는 그 뒷모습을 평생 잊지 못할 것이다.

엄마가 엄마의 장례식을 마치고 돌아온 집에는 치매에 걸린 시어머니가 있었다. 가족들은 모두 일상으로 돌아갔다. 엄마는 다시 아픈 시어머니의 밥을 차리고, 몸을 씻겨드리고, 밤마다 소리 지르는 할머니를 달래기 위해 졸린 눈을 간신히 떴다.

분명 누군가는 해야 하는 일이었다. 누구도 탓할 수 없는 일이었다. 그러나 분명 이상한 일이었다. 암에 걸린 엄마를 단 한 번도 제대로 간호하지 못한 채 떠나보내고, 그 장례를 마치고 와서 남편의 어머니를 씻기던 엄마의 심정이 어땠을까. 옆에서 그 모습을 보는 것만으로도 마음이 쓰렸다.

2019년 라쿠나

잠시나마 엄마를 쉬게 해주고 싶었던 나는 외할머니와 함께 가기로 했던 그 여행을 엄마와 단둘이 떠났다. 엄마는 좋은 경치를 볼 때마다 중얼거렸다.

"우리 엄마랑은 이런 데 안 와봤는데… 좀만 더 살지."

엄마는 괜찮아 보였지만 사실 괜찮지 않았다. 엄마의 혼잣말을 듣고 나는 어떤 말도 할 수가 없었다. 그냥 듣고만 있었다.

"엄마가 죽었는데, 세상이 잘 돌아가. 나는 그래도 다 커서, 엄마가 죽어도 크게 영향이 없는 것 같아. 너네도 있고. 이렇게 각자의 삶으로 돌아가서 사는 거지."

그렇게 말하는 엄마의 얼굴에는 씁쓸함과 허탈함이 스쳐 지나갔다.

나는 엄마가 엄마이기 이전에, 어른이기 이전에 누군가의 자식이었음을 망각하고 살았다. 엄마도 부모의 죽음이 처음이다. 아무렇지 않게 일상으로 돌아간 엄마를 보며 막연히 괜찮아지고 있다고만 생각했다. 엄마는 어른이니까, 늘 강했으니까, 우리 앞에서는 약한 모습을 보이지 않았으니까. 그러나 좋은 풍경을 볼 때마

다 나오는 엄마의 혼잣말을 들으며 가족의 죽음을 받아들이는 데는 생각보다 더 많은 시간이 필요하다는 것을 깨달았다. 엄마가 외할머니와 쌓아 올린 정과 시간은 내가 아는 것보다 훨씬 더 길고 소중하고 특별했을 테니까. 더군다나 엄마는 죄책감까지 느끼고 있었다. 자식으로서 최선을 다하지 못했다는 후회가 만든 상처 때문에 유독 아파했다.

내 엄마는 나보다 더 어릴 때 결혼을 하고 아이를 낳으며 엄마로서, 아내로서, 며느리로서의 역할을 자연스레 부여받았다. 그 시절 우리네 어머니들이 다 그랬듯 내 엄마도 젊음을 바쳐 우리를 키워냈고, 그 어떤 역할도 소홀히 하지 않았다.

엄마, 아내, 며느리의 역할을 그 무엇 하나 제대로 하지 못하면 여성들은 비난받는다. 그러나 딸의 역할에 대해선 크게 탓하지 않는다. 결혼한 딸은 자식보다 며느리로 사는 것이 더 중요하게 여겨졌다. 내 엄마도 며느리로 살았다. 선택은 엄마가 했을 테지만 가부장제의 보이지 않는 강요 속에서 이루어진 일이기도 하다.

내가 외할머니의 장례식장에서 화내고 속상해하자 이모는 말했다.

"너네 엄마랑 나도 너처럼 어릴 때는 그렇게 다 화냈는데… 지금은 그냥 다 피곤해."

내가 장례식장에서 느꼈던 감정을 엄마는 평생 느꼈을 것이다. 분노하고 화나지만 바뀌지 않는 현실에, 쓸 수 있는 에너지는 한정되어 있다. 삶이 고단했을 엄마는 딸의 역할을 놓을 수밖에 없었을 것이다.

외할머니는 돌아가셨고, 친할머니는 치매에 걸렸다. 엄마는 이제 환갑을 바라보고 있고 시간은 너무나 많이 흘러버렸다. 엄마의 인생에서 무언가를 바꾸기에는 너무 늦었을지 모르지만 나는 그 장례식장에서 느꼈던 무력감을 다시는 되풀이하고 싶지 않았다.

이모가 말했던 것처럼 현실은 바뀌지 않을지도 모른다. 그러나 지칠지언정 힘닿는 곳까지는 목소리를 내고 싶다. 아주 작은 변화라도 만들기 위해서.

2019년

가을과 겨울

죽음을 마주하며

2019년 봄 이후 할머니는 급격하게 쇠약해졌다. 가족들 몰래 지팡이를 짚고 밖으로 나가 무의미한 풀 뽑기를 하던 할머니가 그리울 정도였다.

어느 새벽, 다급하게 나를 부르는 할머니의 목소리를 듣고 가보니 자다가 매트리스에서 떨어져 어쩌지도 못하고 계셨다. 다른 날은 혼자 문고리를 잡고 일어나다 중심을 못 잡고 넘어지기도 했다. 넘어지며 얼굴을 문고리에 부딪히는 바람에 눈 주변에 커다란 멍이 들었다.

"할머니, 여기 눈에 멍든 거 안 아파?"

"이거 우떻게 하다가 상처가 났냐? 어쩌다 상처가 났는지도 몰러."

"할머니, 넘어졌는데 기억이 안 나?"

"엉, 생각이 안 나. 잊어버렸나 봐. 어쩌다가 상처가 났나?"

"아퍼?"

"응, 아퍼. 욱신거린다, 얘."

할머니는 다친 사실조차 잊어버리곤 했다. 위태로운 날이 계속되었다. 가족들은 이제 막 걷기 시작한 어린 아이를 보듯 계속해서 신경을 곤두세웠다. 하지만 이 또한 오래가지 않았다.

할머니의 근육은 빠르게 빠져나갔고, 홀로 걷는 것조차 힘들어졌다. 제 기능을 하지 못하는 발은 갈수록 퉁퉁 부었다. 아침에 누군가 일으켜주지 않으면 하루를 홀로 시작할 수 없는 상황이 되었다. 결국 요양보호사들이 가장 무서워한다는 병인 욕창에 걸렸다. 살이 하얗게 드러났지만, 샤워를 하러 가기 전까지 할머니는 아프다는 말을 단 한 번도 하지 않으셨다. 심심할 때마다 나에게 옛날이야기를 해주시던 할머니는 점점 말이 없어졌다. 뭐 하러 이렇게 오래 사냐며 가슴을 팡팡 치던 할머니는 이젠 한탄조차 하지 않았다. 말할 기력이 없어 보였다. 그저 멍하니 창문 밖을 바라보거나, 텔레비전만 쳐다볼 뿐이었다.

어느 날 새벽에는 할머니가 지르는 소리에 잠에서 깼다. 놀라 달려갔다. 할머니는 괴로워하며 나에게 소리쳤다.

"이상해. 나 죽을 것 같아. 어떡해. 내가 이렇게 죽니? 아버지 오라고 해! 얼른!"

놀란 나는 할머니가 이상하다며 아빠와 엄마를 급히 불렀다. 할머니는 나에게 말했다.

"이재야, 옷 입어라. 옷 입고 잠깐이라도 자라."

이런 모습은 처음이었다. 당신에게 다가오는 죽음을 느끼셨는지, 나쁜 꿈을 꾸셨는지 모르겠지만 할머니는 불안에 떨었다. 아빠가 오자 손을 잡고 횡설수설 당신의 죽음을 계속 말씀하셨다. 그렇게 한참을 실랑이하다가 겨우 잠드셨다. 나는 두려워서 할머니 옆을 지키다 잠들었다. 할머니는 새벽에 일어나 무슨 일이 있었냐는 듯 아무렇지 않게 나를 깨우셨다.

산다는 것은 죽어가는 것이라는 말이 있다. 사람은 계속 살다가 어느 시점이 되면 죽음을 마주할 준비가 되어 있을 거라 나는 생각했다. 오만한 생각이었다. 살아온 인생을 정리하고 죽음을 기다리는 것과 죽음을 마주하는 일은 별개였다.

때로는 제대로 말하지도 듣지도 움직이지도 못한 채 누워만 있는 할머니가 너무 괴로워 보여 당신이 원하는 대로 죽음이 안식처가 될 수 있을까 생각하기도 했다. 죽음을 마주하는 것은 결국 당사자의 일이다. 결코 타인이 대신 알 수도 느낄 수도 없다. 혼자 감당하고 직면해야 한다. 할머니가 그날 느꼈던 것이 죽음 자체에 대한 두려움인지, 죽음 이후의 알 수 없는 세계에 대한 공포인지 나는 모른다.

마지막이라 느낀 그 순간 할머니는 가족을 찾았다. 아들의 손을 잡고 알아들을 수 없는 말을 반복했다. 나에게 잠깐이라도 눈을 붙이라고 당부했다. 할머니는 마지막 순간까지도 자식 걱정뿐이었다.

할머니가 점점 쇠약해져 죽음에 가까워지는 과정을 나는 2년 동안 지켜보았다. 그 속도가 너무 빨라서 미처 마음의 준비를 하기도 전에 할머니는 걷지 못하게 되었고, 나중에는 말씀조차 하지 못하셨다. 내가 할 수 있는 건 없었다.

그저 죽음 이후, 할머니가 없는 현실을 상상할 뿐이었다. 할머니가 살아 계신데, 할머니의 죽음을 상상하고 마음의 준비를 하는 것이 천하의 불효처럼 느껴졌다. 차마 두려워 입 밖으로 꺼내지 못하면서도 나는 할머니가 돌아가시면 어떻게 해야 할지 상상했다. 가족들과 어떤 말을 해야 할지, 어떤 표정을 지어야 할지, 무슨 행동을 해야 할지 생각했다. 할머니가 돌아가시는 꿈을 꾸며 실제인지 아닌지 구분을 못 하고 베개를 잔뜩 적신 채 일어날 때도 많았다.

하루는 동네 마실꾼 할머니가 오셨다. 할머니가 좋아하던 호박엿 한 봉지를 들고 오셨지만 할머니는 호박엿을 드실 수 없었다. 힘없이 앉아 친구분을 반기지도

못하는 모습을 보다가 마실꾼 할머니는 할머니의 손을
꼭 붙잡았다.

"하이고… 곧 가겠네. 나도 갈 테니까 어여 가. 그동
안 고생했어."

할머니는 멍하니 마실꾼 할머니를 바라볼 뿐이었다.
눈에 눈물이 맺혀 있었다.

나는 할머니와 마지막 인사를 할 용기가 없었다. 어
떤 말을 해야 할지, 어떻게 말해야 할지 몰랐다. 그래서
더욱더 할머니와 일상적인 대화만 했다. 할머니, 밥 먹
자. 씻자. 할머니, 나 누구게? 내가 앞에서 아무리 종알
거려도 할머니는 말할 힘도 표정을 지을 힘도 없는지
그저 굳은 표정이었다. 그러다가 할머니의 눈에서 눈물
이 흐르곤 했다. 그 눈물의 의미를 알기에 우는 할머니
앞에서 나는 더 괜찮은 척을 했다.

마지막까지 나는 할머니에게 어떤 인사도 하지 못했
다. 할머니에게 계속 내일이 있을 것 같았기 때문이다.

보내드리는 마음

지이이잉—

회사에 출근해 일을 시작하려는데 전화가 왔다. 발신인을 확인했다. 엄마였다. 불안이 엄습했다. 이전에도 가족들에게 전화가 오면 이런 불안감을 자주 느꼈다. 밝고 가벼운 목소리에 안심했던 적이 한두 번이 아니다.

"할머니 돌아가셨어."

그날은 예상이 빗나가지 않았다. 그렇게 오랫동안 준비했지만, 할머니의 죽음을 듣는 게 너무나 갑작스럽게 느껴졌다. 마음의 준비는 계속 하고 있었지만 그 상상의 끝은 늘 '언젠가 다가올 순간이지만 지금은 아니니 다행이다.'였다.

그 순간이 다가오자 알았다. 죽음은 연습할 수 없다. 할머니의 죽음은 가족 모두에게 각자 다른 형태의 슬픔으로 다가왔다.

장례식장 입구부터 할머니의 영정사진 옆까지 할머니가 평생 얼굴도 보지 못하고 이름도 모르는 이들의 근조기와 화환이 자리를 잡았다. 손님들이 하나둘 장례식장을 채워갔다. 어두운 옷을 입고 할머니 영정 앞에 서서 꽃을 올리거나 향을 피우고, 절을 올리거나 기도를 했다. 그리고 식사를 하며 대화를 했다.

할머니의 장례식이었지만, 살아생전 할머니를 기억하는 사람은 극소수였다. 당연하게도 손님들은 가족을 잃은 상주와 상제를 위로하고 슬픔을 나누기 위해 찾아왔다. 할머니가 어떤 분이었고 어떤 인생을 살다 가셨는지 대부분의 사람들은 관심이 없었다.

고인을 추모하고 기리는 의식은 말 그대로 의식일 뿐

이었다. 진짜 보내드리는 마음은 빈소의 가족실 안에서, 손님을 다 보낸 뒤의 대화에서 흘러나왔다.

"언니, 그거 기억나? 우리 초딩 때 싸우는데, 언니가 나 때리는 거 보고 할머니가 놀라서 신발 벗고 신발로 언니 등짝 막 때렸잖아. 나 때리지 말라고."

"헐, 그랬었어? 기억 안 나."

"응, 근데 그러고 할머니가 몇 분 뒤에 다시 오더니 언니한테 만 원 쥐여주고 갔잖아. 미안하다고. 아직도 난 그게 기억이 나."

가족들은 각자의 기억 속에 있던 할머니를 하나둘 꺼내기 시작했다.

"아빠가 초등학교 2학년 때였나? 여름방학에 서울 고모네 집에 갔어. 근데 그때 서울에 홍수가 난 거야. 산사태도 나고 동네도 쓸어 가고 그랬나 봐. 그때 엄마랑 아빠가, 너네한텐 할머니 할아버지지. 텔레비전을 보니까 서울이 난리가 난 거야. 텔레비전에 집이 막 잠기고. 지금까지도 그때만큼 비 온 적이 없어. 그래서

아버지가 텔레비전을 보다가 서울 고모 집에 전화를
했는데 안 받는 거야. 그때 차도 다 끊기고 도로도 멀
쩡한 게 없었어. 너네 할아버지가 걱정이 되서 며칠을
걸어서 서울까지 왔어. 버스 타다가 도로 막히면 걷고,
그렇게 며칠을 걸려서 왔어. 나는 고모 집에 찾아온
할아버지를 따라 집으로 왔는데, 할머니가 나를 보자
마자 붙잡고 그렇게 우는 거야. 살아 돌아왔다고. 근데
난 그때 어려서 아무렇지도 않았어. 비 와도 좋다고 신
나서 뛰어다녔거든. 영문도 모르고 웃으면서 집에 왔
는데 엄마가 오열하던 그 모습이, 그게 아직도 그렇게
기억난다. 50년이 지났는데도."

우리는 각자의 기억 속에 묻어놓았던 할머니를 소환
하며 이 장례식 주인공의 자리를 하나둘 채웠다. 고모
들과 아빠의 기억, 며느리인 엄마의 기억, 손주들의 기
억 속 할머니는 나이도 성격도 행동도 달랐다. 그 안에
는 강하고 단단한 농부의 모습도, 가족을 먹여 살리기
위해 치열하게 일하던 가장의 모습도, 자식들에게 주
고 또 줘도 부족함을 느끼던 어머니의 모습도 있었다.

그리고 가장 약하고 힘없던 인생의 마지막 순간, 환자로서의 할머니도 있었다. 그 모습을 가까이서 함께했던 사람은 엄마와 요양보호사 선생님이었다.

"엄마는 그래도 후회가 없어. 할 만큼 한 것 같아."

할 만큼 해서 할머니에 대해 후회가 없다고 말하던 엄마는 요양보호사 선생님이 조문을 오시자 갑자기 울기 시작했다. 요양보호사 선생님도 마찬가지였다. 치매에 걸려 기억을 잃고 거동도 못해 누워만 있던 할머니가 인간으로서 존엄성을 유지할 수 있도록 현실적인 노력을 하신 분들이었다.

"어머님 기저귀 갈아주다 보면 가끔 나 보면서 이렇게 눈물 고여 있었어. 말은 못 하시고."

그분들이 할머니를 지키고 보내드리며 흘린 눈물의 의미, 그리고 자신을 돌보던 이들을 보는 할머니의 마음은 어떤 것이었을까. 나는 그저 짐작만 해볼 뿐이다.

긴 장례식이 마무리되었다.

집에서 할머니의 체취는 꽤 오래갔다. 좋은 냄새는

아니었지만 그 냄새는 할머니가 여전히 계신 것만 같은 착각이 들게 했다. 그리고 할머니와 함께한 기억을 자꾸 불러일으켰다. 늘 같은 자리를 지키던 할머니가 없어서 허전했다. 집에 가면 습관처럼 할머니가 앉아 있던 거실을 둘러보고 방에 괜히 들어가보기도 했다. 할머니는 이 자리에 앉아서 무슨 생각을 하며 시간을 보내셨을까.

할머니를 보내드리며 할머니로서의 모습 외에 한 인간으로서 할머니의 인생을 생각한다. 이제는 내가 다 컸는지 예전과는 다른 생각이 든다. 할머니의 죽음은 다른 가족의 죽음이 주는 슬픔보다 복합적인 감정으로 다가왔다.

1928년에 태어난 할머니는 역사책에 나올 법한 위인도 아니었고, 대단히 성공한 사람도 아니었다. 그저 그런 평범한 삶을 살다가 가셨다. 그 어려운 시기를 살아낸 할머니의 인생이 너무 딱하고 안타까워서 눈물이 났다.

그 시절은 평범하기가 가장 어려운 시절이었다. 할머니는 자식들만큼은 평범한 삶을 누리게 하기 위해 정직하게 땀을 흘리셨다. 노동의 정직함과 타인에 대한 배려로 솔선수범하며 자식들에게 본보기가 되어주셨다.

할머니가 돌아가시기 며칠 전 아빠가 말했다. 할머니에게 배울 게 너무 많다고. 일한 만큼만 얻고 남의 것을 탐하지 말라고 평생 가르치셨다고. 글도 모르고 학교도 못 갔지만 우리 엄마는 뭐가 옳고 그른지 늘 명확하게 아셨다고. 그런 엄마를 늘 존경했다고.

우리는 할머니를 그리워하며 오랫동안 많은 이
야기를 나누었다. 할
머니의 올곧은 신념과
소신을, 있는 힘껏 평범하게 꾸려낸 삶을, 나는 오래도록 기억할 것이다.

할머니의 장례식에서

가족들에게는 할머니의 죽음을 준비할 수 있는 시간이 있었다. 그래서 충분히 마음의 준비가 되었다고 생각했지만 또다시 정신없고 긴 장례식이 시작되었다. 다만 나는 외할머니의 장례식으로 연습을 했었다. 슬픔과 별개로 내가 할 일이 무엇인지, 할머니의 빈소에서 어떤 일이 벌어질지, 어떤 모습을 보게 될지 나는 알고 있었다.

장례식장을 정하고 할머니를 모시고 장례식 수속을 밟고 가족들 이름을 올렸다. 20년 전 찍어놓았던 할머

2019년 가을과 겨울

니의 영정사진을 몇 달 전부터 찾았지만 결국 찾지 못해 예전에 찍은 사진을 합성해야 했다. 엄마는 집으로 가서 앨범을 뒤졌다. 눈을 뒤집어 까며 장난스러운 표정을 짓고 있는 일곱 살의 나를 안고 있는 할머니의 사진이 영정 사진이 되었다.

아빠는 부고 보낼 명단을 종이에 한가득 적었고 나는 그 명단을 받아 문자를 보냈다. 조화가 하나둘 도착해 장례식장을 채웠고, 가까운 친인척들이 오기 시작했다.

할머니와 유족들의 이름이 장례식 로비에 있는 스크린과 분향실 입구에 붙었다. 고인 밑에 아들과 며느리, 딸과 사위, 손자와 손녀, 마지막에 외손자와 외손녀 이름이 차례로 적혔다.

10년 전 할아버지 장례식 때는 나와 언니, 외손자, 외손녀들 이름은 쓰지도 않았고, 내 남동생 이름만 적었다. 10년이 지나고 겨우 이름 석 자는 적혔지만 여전히 동생 이름이 먼저였다. 가장 나이가 많은 사촌 오빠보다도 스무 살이 어린 내 동생의 이름이 가장 먼저 쓰여 있었다. 그 명단을 보면서 고민하다 결정했다.

나는 할머니를 보내드리는 이 장례식장에서 '덜' 참기로 했다. 외할머니의 장례식이 떠올랐다. 같은 후회를 반복하고 싶지 않았다.

분향소 앞에 있던 종이를 빼서 사무실로 가져갔다. 관리인으로 보이는 한 남자가 있었다. 이름이 잘못되어서 바꿔주셨으면 좋겠다고 말하니 흔쾌히 알았다고 했다.

나는 종이에 적힌 이름에 선을 쩍 긋고 '손주'라고 쓴 뒤 나이순으로 이름을 하나씩 적었다. 그 모습을 보더니 관리인은 당황하며 말했다.

"보통 친손자 먼저 적고, 그다음 외손자를 적는데. 이렇게 안 써요."

"네, 근데 저희는 이렇게 쓸 거예요."

"원래 이렇게는 안 쓰는데…."

"저희는 이렇게 써요. 이렇게 바꿔주세요."

나이가 지긋한 관리인은 못마땅한 표정을 지으며 이름을 바꿔주었다.

입관식을 마친 후 남자들에게는 비닐에 포장된 완장이, 여자들에게는 종이컵에 담긴 하얀색 리본이 하나씩 주어졌다. 나는 다시 사무실로 찾아갔다.

"상주 완장 네 개랑, 상제 완장 세 개 더 주세요."

"아들들이 더 있어요? 아닌데?"

"딸들이 할 거니까 주세요."

"딸들은 이거 차는 거 아닌데?"

"그냥 주세요. 완장."

내가 관리인과 실랑이하는 모습을 보자, 음식 담당 실장도 옆에서 한마디 거들었다. 장례식이 낯설고 관습을 잘 모르는 아이에게 가르치는 투였다.

"원래 남자들만 완장 하는 거예요. 여자들은 리본 차는 거고."

"상주 네 개, 상제 세 개 더 주세요."

관리인은 계속해서 단호하게 말하는 나를 못마땅한 표정으로 보며 결국 일곱 개의 완장을 더 꺼내줬다.

나는 네 개의 완장을 고모들과 엄마에게 가져다주었지만 아무도 차지 않았고 다 서랍 안으로 들어갔다.

그 완장들은 그대로 환불되었다. 언니와 나만 완장을 오른쪽 팔에 찼고 분향실에서 손님을 맞이하며 인사를 드렸다.

나와 언니만 분향실에 있으면 어른들은 남자 사촌들에게 말했다.

"상주가 자리를 비우면 어떻게 해. 안에 들어가 있어야지."

그리고 분향실에 앉아 있는 나와 언니를 못마땅하게 보며 수군거렸다.

"여자가 저기 앉아 있으면 안 되는데…."

"너 동생이 하자고 해서 어쩔 수 없이 하는 거지, 하기 싫으면 하지 마."

"이따가 손님 많아지고 바쁘면 여자들은 같이 음식 나르고 치워."

가끔 무례한 손님들도 찾아왔다.

"큰아들은 어딨어?"

"여자가 여기 있어도 되는 거야?"

향냄새 때문에 머리가 아팠지만 나갈 수 없었다. 평

생 할머니와 함께 살며 추억을 쌓고, 가장 많은 시간을 함께 보내고, 할머니가 마지막까지 이름을 기억했던 손주인 내가 할머니를 마지막으로 보내드리는 그 자리에 '있으면 안 되는 이유'를 아무도 명확하게 설명하지 못했다.

할머니가 편찮으실 때 단 한 번도 찾아오지 않았던 사촌 오빠들이 당연하게 할머니의 자식으로 조문객을 맞았다. 그들은 앉아 있다가 힘들거나 쉬고 싶으면 자기들끼리 교대했다. 분향실을 비워두면 안 되기 때문이었다. 그들에게 분향실에 앉아 손님을 맞이하며 맞절을 하는 것은 참으로 귀찮고 지겨운 일이었다.

한 남자 사촌은 분향실에 앉아 있는 나에게 말했다.

"하고 싶으면 해. 이게 뭐라고."

나는 유난 떨고 시끄럽게 구는 애가 되어서야 비로소 그 자리에 있을 수 있었다.

"지금까지 해오던 것을 한 번에 바꾸려고 하면 부작용이 생겨. 천천히 바꿔야지."

상주 자리에 앉아 있는 나에게 아빠가 말했다. 그 부

작용이 뭐냐고 물었지만 명쾌한 대답은 들을 수 없었다. 난 장례 절차를 바꾸지도 않았고, 제사 음식에 손을 대거나 예의에 어긋나는 행동을 하지도 않았다. 손주들의 이름을 태어난 순으로 바꾸고 상주 자리에 앉아서 손님이 오시면 인사를 했을 뿐이다. 아무리 생각해도 그 부작용이란 어른들의 눈에 내가 거슬리는 것뿐이었다.

성복제를 지내기 위해 모든 가족들이 모였다. 장례지도사는 곡을 한 뒤 가장 먼저 장남을 불렀다. 장남인 아빠는 술을 따르고 제사를 지냈다. 그다음은 장손 차례였다. 모두가 내 남동생을 불렀고, 남동생은 홀로 제사를 지냈다. 그리고 며느리와 손녀들을 불렀다. 장례지도사는 나와 언니를 보고 말했다.

"결혼한 손녀 분은 이따가 절하세요."

언니가 출가외인이기 때문이었다. 절의 순서는 고인의 아들, 아들의 아들, 며느리, 아들의 결혼하지 않은 딸 순으로 진행되었고, 그다음이 고인의 사위, 딸, 외손주, 손주사위와 손녀딸 순이었다. 언니는 그 장례지도사의 말을 무시하고 나와 엄마와 함께 절을 했다.

다음 날 발인제를 지낼 때 장례지도사가 말했다.

"어제 제사 지내는 순서로 말들이 많으셨는데요. 옛날에는 여자들은 제사 지내지도 못했습니다."

고인이 된 할머니를 모시는 의식을 하면서 옛날 여자들 운운하는 말을 하다니, 너무 당황스러워서 아무 말도 하지 못한 채 있는데 고모가 나섰다.

"그건 옛날이고…."

"조용히 해!"

장례지도사에게 항의하는 고모를 저지한 것은 고모부였다. 그 무례한 말에 아무 대꾸도 하지 못하고 장례식은 마무리되었다.

한 줌의 재가 된 할머니는 남동생의 품에 안겨 할아버지가 계시는 호국원으로 모셔졌다. 할아버지가 계신 유골함 앞의 명패에 내 이름은 없었다. 손주 중에는 동생의 이름만 있었다. 지난 10년 동안 이름을 적지 않은 것에 대해 아빠에게 누누이 말해온 터라 명패를 수정하겠다고 말했다. 나는 장례식장에서처럼 손주들 이름을 나이순으로 적자고 했다. 그러나 아빠는 나이가 더 많은 외손주들의 이름을 먼저 적는 것이 내키지 않는지 바로 쓰지 못했다. 그런 아빠를 보며 호국원 직원이 말했다.

"원래 친손자부터 적어요. 친손자부터 적으세요."

"알아서 할게요. 그냥 불러주는 대로 적어."

장례식 내내 아무 말 하지 않던 엄마까지 가세했다. 엄마는 외손주와 친손주를 아울러서 나이순으로 이름을 적었고 항상 맨 앞에 있던 내 동생의 이름은 맨 뒤로 갔다. 그 명패를 본 아빠는 말했다.

"손자 이름 맨 뒤에 있는 거 보면, 우리 엄마 벌떡 일어나시겠네."

돌아가신 부모의 명패에 자식과 남편의 이름이 없는데도 아무 말 하지 않던 고모들, 대가족의 맏며느리로 살며 할머니의 마지막 순간까지 함께했던 엄마는 이 모든 것이 잘못되었음을 누구보다도 잘 알고 있었다. 하

243

지만 습관이 된 침묵, 침묵이 만들어낸 평화에 익숙해져 바꿀 수 있다는 생각조차 하지 않았다.

할머니는 아빠 말대로 친손자 이름이 가장 뒤에 있어서 속상하실까? 아니면 손녀딸이 할머니 가시는 길에 술 한 잔도 제대로 못 올리고 인사도 못 드린 것이 더 속상하실까? 사실 나도 잘 모르겠다. 할머니는 옛날 분이셨으니까.

여전히 장례 문화는 남성 친족 중심이며, 너무나 보수적이고 변화가 더디다. 유족들이 인식하지 못하는 탓도 있지만 장례식장의 관리자, 장례지도사 등 그 산업에 종사하는 이들이 '전통'이라는 이름 아래 성차별을 답습하고 있기 때문이기도 하다.

장례식은 불시에 일어나며 준비하고 진행하는 과정에서 이런저런 선택을 갑자기 해야 하는 경우가 많다. 유가족들은 이성적인 판단이 어려워진다. 그럴 때 "원래 그래."라는 말은 마법처럼 여성들을 조용히 지운다.

전통적인 장례식의 대안이 없기 때문에 지금까지 해

오던 것들을 한 번에 바꿀 수는 없다. 그러나 '부작용'이라는 말로 입을 막을 게 아니라 잘못된 것을 인지하고, 하나씩 바꾸기부터 해야 하지 않을까? 그게 변화의 시작일 테니.

마치며

모든 지워진 여성들을 기억하며

　스물네 살 겨울에 쓰기 시작한 글이 스물여섯 겨울이 되어서야 끝이 났다.

　망각은 신이 주신 선물이라 했던가. 잊어버릴 수 있는 것은 어마어마한 축복이라 했다. 그런데 치매에 걸린 할머니는 왜 하필 아픈 기억을 가장 오래 갖고 계셨을까? 할머니는 행복한 기억보다 학교에 가지 못하고 글을 배우지 못했던 기억을 입에 달고 사셨다. 눈앞의 손녀딸보다 죽은 아들을 더 오래 기억하셨다.

　병이 깊어져 점점 나와 가족들을 기억하지 못하는 할머니를 보며 치매는 잔인한 병이라 생각했다. 할머니의 굽은 허리와 여윈 어깨를 보며 인생의 고통 또한 이렇게 잊어버리시려나, 차라리 다 잊으면 편하실까 생각하기도 했다.

할머니는 할머니를 다 잊어도 나는 할머니를 잊을 수 없었다. 의무감에 가까웠던 것 같다. 할머니마저 할머니를 모두 잊어버리는 순간이 오게 되면 할머니의 인생은 아무도 기억해주지 않을 것이다. 그렇게 할머니의 어머니와 어머니들이 잊혔다. 하지만 손녀딸인 내가 할머니의 인생을 얼핏 보았고, 할머니의 말을 들었다. 나에게는 할머니에게 없는, 기록할 수 있는 언어와 육체적 힘이 있었다.

기록하지 않을 이유가 없었다. 그렇게 치매 일기가 시작되었다.

치매癡呆. '어리석을 치癡'와 '어리석을 매呆'가 결합되어 만들어진 병명이다. 그러나 '치매'는 '인지 기능이 손상되어 생기는 질환'이라는 병의 성격을 제대로 설명하는 말이 아니다. 과거에 쓰던 '노망'이라는 단어만큼이

나 부정적인 뜻을 담고 있다. 이미 사회적으로 통용되는 단어이기에 나 역시 이 책에서 치매라고 썼지만, '치매'라는 말은 환자에 대한 편견과 경계심을 조장한다. (실제로 이런 사회적 편견을 해소하기 위해 같은 한자 문화권인 일본, 홍콩, 대만에선 사회적 합의를 통해 치매를 '인지증', '뇌퇴화증'이라는 명칭으로 변경했다.)

어리석은 병, 치매. 분명 아흔 둘 할머니의 기억은 온전하지 않았다. 일상생활에서 판단력이 흐려지고, 가족의 도움 없이 독립적으로 생활할 수 없었다. 그러나 당신만의 올곧은 신념과 가족에 대한 깊은 애정을 품고 생을 마무리한 할머니는 결코 어리석지 않았다. 격동의 시대를 정직하고 성실하게 살아낸 사회의 일원이자, 사랑과 인내로 대가족을 지켰던 가장이었고, 나에게 가족의 따뜻함을 가르쳐준 집안의 어른이었다.

나는 이 모든 것을 할머니가 치매에 걸린 후에야 비로소 깨달았다. 치매는 할머니를 데려간 병이지만 나에게 할머니를 제대로 알게 해준 병이기도 하다.

우리 집에는 할아버지가 고이 모셔온 족보가 있다. 전라도 저 어딘가를 본적으로 두는 윤 씨들의 이름이다. 물론 언제부터 이어져 내려온 건지, 진짜 그 '윤 씨'가 맞는지는 확실하지 않다. 족보를 가질 수 있는 양반은 극소수였다고 하니 합리적 의심을 해볼 뿐이다. 애초에 신분제 사회의 기반으로 유교적 가족관을 공고히 해왔던 그 기록은 나에게 역사적 기록물 그 이상도 이하도 아니다. 그걸 내 조상이 쌀 몇 가마, 땅 몇 마지기를 주고 구매를 했든, 내가 양반의 피를 가졌든 노비의 피를 가졌든, 그건 중요하지 않다. 나에게 중요한 사실은 그 기록물 안에 남성들의 이름만 기록되었다는 것이다.

우리 집 족보뿐이겠나. 남성 중심으로 기억되는 모든 역사 뒤에 이름이 지워진 여성들이 얼마나 많을까. 그걸 알기에 더 할머니의 언어를 기록하고 싶었다. 불과 백 년도 채 되지 않은 그 이야기, 누군가에게는 현재진행형인 이야기를 역사의 뒤안길로 그대로 사라지게 둘 수는 없었다.

맺음

할머니의 한숨과 힘없는 혼잣말 속에는 할머니의 인생이 담겨 있었다. 평범한 인생이었지만 그렇기에 내 할머니만의 이야기는 아니었다. 대한민국의 굴곡진 근현대사가 담겨 있는 그 이야기는 같은 시대를 살아낸 여성들 대부분의 인생이었을 것이다.

할머니를 기록하며 할머니의 며느리가 보였고, 할머니의 딸들이 보였다. 그리고 내가 보였다. 나의 세상이 어떤 희생으로 만들어졌는지 직면하게 되었다.

나는 가부장적인 집안에서 90년대 중반에 태어나 자란 여성이다. 가부장제의 피해자이기도 하지만 동시에 삼대가 함께 사는 대가족의 따뜻한 온기와, 사회가 인정한 가족의 구성원이라는 안정감을 충분히 느끼며 자란 수혜자이기도 하다. 사랑을 주면 비뚤어지지 않을 거라는 믿음으로 자식을 키워낸 내 부모와 조부모 덕분에 가족은 항상 나에게 든든한 안식처였고 쉼터였다. 그러나 그 가정의 화목을 만들어내기 위해 여성들은 귀를 막고 눈을 감고 애써 외면하며 살았다. 대를 위해 소를 희생한다고 믿었다. 그 희생은 자연스럽게 또 다른 상처를 낳았다. 상처를 받은 사람은 있는데 상처를 주는 사람은 없다. 가해자는 없는데 피해자만 있다.

할머니의 삶과 말을 기록하는 작업을 하며 나는 비로소 눈을 뜨고 귀를 열었다. 할머니의 한 마디 한 마디는 흘려듣고 말던 어른의 옛날이야기가 아니었다. 지금 내가 속한 세계의 이면을 바로 보고 듣게 하는 각성의 언어였다.

나와 내 가족, 내가 속한 이곳의 본모습을 껍질 벗기듯 하나하나 적나라하게 마주하는 과정은 부끄러웠고, 괴롭기도 했다. 무엇이 잘못된 것인지 모르거나 알지만 포기가 관성이 된 앞선 세대에게 이런 생각을 전하는 것도 힘겨웠다. 내가 사랑하는 가족과 살아가는 세상에 대한 최소한의 애정으로 타협점을 찾고 싶었다.

아픈 할머니를 가까이서 돌보고 대화를 시작하며 가족들은 분명 변했다. 완전한 이해는 할 수 없지만 함께하기 위한 방향을 생각한다. 이제는 안다. 서로 사랑하며 살기에도 시간은 부족하다는 것을.

할아버지의 장례식장에서 사라진 나의 이름을 당연하게 여겼던 열일곱의 나와 손주들의 이름을 나이 순서대로 고쳐 쓰던 내가 다른 것처럼, 또 다른 각성의 언어는 나를 변화시킬 것이다. 이 책을 훗날 읽었을 때, 글에 담긴 내 생각이 얕고 철없어 뒤늦게 부끄러워질까 봐 조금은 두렵다. 그러나 내 생각이 세월과 함께 변화하지 않는다면, 그 또한 두려운 일일 것이다. 지금보다 더 나은 세상에서 더 높은 기준을 가질 미래의 나를 기대하며 용기 내어 글을 썼다.

가끔 할머니의 따뜻한 손길이 생각난다. 더 이상 만날 수 없는 할머니는 이 글 속에 살아 계신다. 할머니의 기억은 나의 시선으로 왜곡되었을 수 있지만, 할머니의 말은 모두 온전히 기록하기 위해 노력했다. 당시의 감정과 생각을 떠올리는 것만으로도 벅차던 시절을 지나 드디어 책을 완성하게 되었다.

할머니가 살아 계실 때 손녀딸이 대신 당신의 말을

기록했다는 것을 보여주고 싶어 시작한 책이다. 그러나 할머니는 오래 기다려주시지 않았다. 두 할머니의 죽음을 겪으며 인간이 왜 종교를 만들어냈는지 비로소 이해할 수 있게 되었다. 평생을 무교로 살아온 나는 사후세계를 믿지 않지만 내 할머니들이 어떤 식으로든 평안하시길 바란다. 할머니가 그토록 원했던 '잠자듯 영면하는 그 순간'을 정말로 맞이하셨기를 간절하게 기원한다.

아흔 살 슈퍼우먼을 지키는 중입니다

초판 1쇄 발행 2020년 10월 23일
초판 3쇄 발행 2021년 11월 29일

지은이 윤이재
펴낸이 김효근
책임편집 김남희
펴낸곳 다다서재
등록 제2019-000075호(2019년 4월 29일)
주소 10358 경기도 고양시 일산동구 산두로 180 709-302
전화 031-923-7414
팩스 031-919-7414
메일 book@dadalibro.com
인스타그램 https://www.instagram.com/dada_libro

윤이재 © 2020
ISBN 979-11-968200-4-6 03810

- 이 책 내용의 전부 또는 일부를 재사용하려면 반드시 저작권자와 다다서재 양측의 동의를 받아야 합니다.
- 책값은 뒤표지에 표시되어 있습니다.

이 도서의 국립중앙도서관 출판예정도서목록(CIP)은 서지정보유통지원시스템 (http://seoji.nl.go.kr)과 국가자료공동목록시스템(https://www.nl.go.kr/kolisnet)에서 이용하실 수 있습니다. (CIP제어번호: CIP2020041907)

이 도서는 한국출판문화산업진흥원의 '2020년 출판콘텐츠 창작 지원 사업'의 일환으로 국민체육진흥기금을 지원받아 제작되었습니다.